OMNIBUS

Paola Calvetti

OLIVIA

Ovvero la lista dei sogni possibili

Romanzo

MONDADORI

Questo libro è un'opera di fantasia. Personaggi e luoghi citati sono invenzioni dell'autore e hanno lo scopo di conferire veridicità alla narrazione. Qualsiasi analogia con fatti, luoghi e persone, vive o scomparse, è assolutamente casuale.

www.paolacalvetti.com

www.librimondadori.it

Olivia ovvero la lista dei sogni possibili
di Paola Calvetti
Collezione Omnibus

ISBN 978-88-04-61566-8

I edizione maggio 2012

OLIVIA

Quando la tua anima è pronta,
lo sono anche le cose.

WILLIAM SHAKESPEARE, *Enrico V*

L'inizio

I due bambini – avranno avuto sei, sette anni – spuntarono sotto le mie palpebre come macchie colorate. Quando il sogno si interruppe, per riacciuffarlo mi bastò chiudere di nuovo gli occhi e li ritrovai nel punto esatto in cui li avevo lasciati.

La bambina con il cappottino blu stringeva al petto una vecchia Polaroid e si dondolava avanti e indietro, su e giù, come cullata da una dolce ninna nanna.

Del bambino ricordo la sciarpa rossa e l'espressione impaziente di chi non vede l'ora di tornarsene in un posto al sicuro. Teneva una mano infilata nella tasca del giubbotto. Con l'altra, si asciugava una lacrima.

A pochi metri l'una dall'altro, lontani dagli adulti, seguivano il movimento delle due bare calate nella terra mentre in cielo volava un aereo che lasciava dietro di sé una lunga scia bianca.

I loro sguardi si incrociarono.

E allora, in quella frazione infinitesimale di tempo, accadde che le due anime si parlarono. Forse quel silenzioso dialogo rimarrà da qualche parte dentro di loro, fino a quando il destino, o chiamatelo come volete, deciderà di rivelarsi.

Un po' come due particelle che, originate in un punto dello spazio-tempo, restano legate da un inizio che le renderà non separabili per l'intero arco della loro esistenza, indipendentemente dalla distanza che le divide.

Ecco, se pensate anche voi che lo stesso legame si possa stabilire tra due persone, converrete con me che quello fu il giorno in cui tutto cominciò.

OGGI

Sono le 10.23 a.m. e da settantasette minuti circa non ho più un lavoro.

Oh, non immaginatevi la biondina newyorchese ripresa dalle tivù di tutto il mondo mentre lascia l'edificio di Lehman Brothers con lo scatolone tra le mani, perché quando successe a lei era settembre, a Manhattan splendeva il sole e, con i capelli stirati, il viso struccato, le infradito ai piedi e poco altro addosso, quella ragazza era il massimo dello chic. Lei è diventata un'icona, il simbolo di un'epoca, mentre io ho le labbra screpolate, i piedi congelati e i capelli arricciati a cespo di lattuga.

Come lei, però, anch'io sono stata licenziata, e avrei pure dovuto indossare degli stivali di gomma. Nel mio corredo di accumulatrice che non butta via niente – perché non si sa mai, potrebbero tornare di tendenza –, ne posseggo di cuoio, di pelle scamosciata, con il tacco e senza tacco, anche se tutti di colore nero e marrone. Ogni volta che sta per arrivare l'autunno – cioè almeno una volta all'anno – mi riprometto di comprare degli stivali di gomma colorati. Se l'avessi fatto sarei ugualmente qui a cincischiare in un bar tabacchi, ma non avrei le calze incollate ai piedi in un paio di stivali di camoscio decisamente inopportuni in una giornata così *speciale*.

L'artefice della mia nuova vita è la Direttrice delle Risorse

Umane, in arte DRU, per noi – o meglio: per gli altri, visto che non ne faccio più parte – del TBD (Think Bold Department) della Breston&Partners, più semplicemente la Witch, la Strega. Alle 09.02 a.m. avevo appena acceso il computer quando mi ha convocata nel suo ufficio senza farsi annunciare dalla solitamente cerimoniosa segretaria. Sentire la sua voce direttamente nella cornetta non mi ha turbata perché, mentre le rispondevo, ero distratta da due grassi colombi (o erano piccioni?) appollaiati sul davanzale a pochi centimetri dal mio naso. Sono salita al secondo piano e ho bussato alla porta dell'ufficio extralusso arredato con un divano, un tappeto, un *ficus benjamina* con le foglie lucidate, un tavolo rotondo per le riunioni, delle scaffalature cariche di faldoni e una scrivania. Grande e sgombra. Non un foglio di carta, un appunto, una brochure, una rivista, una trousse, dei fazzoletti di carta o altri oggetti da posto di lavoro: sulla scrivania in acciaio e cristallo della Witch troneggia un computer di ultima generazione nel quale sono racchiuse decine di esistenze e solo la stufetta scaldapiedi, un benefit del quale il *dominus* del mio destino approfitta fino a primavera inoltrata, dà un segnale di umana fragilità a quel laboratorio asettico.

Ho bussato di nuovo con delicatezza alla porta socchiusa e sono entrata dopo uno stridulo «Avanti, avanti». Nemmeno il ringhio da iena della Witch mi ha messo in allarme perché il suo sorrisetto da ischemica è parte dell'arredo, qualunque cosa accada fuori di lì – si tratti di scioperi, guerre, crolli di borsa, catastrofi naturali –, la signora limita i suoi commenti allo stretto necessario: il nostro rendimento. Appoggiata allo schienale di un'ergonomica poltrona in pelle, mi ha squadrata dall'alto in basso, ha fatto una pausa di circostanza e pochi secondi dopo ha emesso la sua sentenza. Be', non ha esattamente detto: "Signorina, lei è LICENZIATA", ma si è arrampicata sulla "peggiore crisi economica che ha investito il mondo occidentale" per informarmi che l'agenzia avrebbe "soppresso" quel reparto da megalomani del TDB, ridotto il servizio stampa e concentrato la sua attività sugli eventi, il digital marketing, l'e-commerce, e che il mio profilo non corrispondeva più alle esigenze della nuova Breston&Partners.

"Soppresso" il servizio.

Ha usato proprio questa barbarica espressione, ferendo in modo irreversibile la mia venerazione per la letteratura. Sì, io amo le parole. Per il suono, per il sapore che evocano e non capisco la ridicola ostinazione di chi vuole eliminare quelle considerate fuori moda. È una pessima idea non rispettare le parole, come accade regolarmente alla B&P, dove un giorno ho sorpreso i colleghi ad appiccicare sulla fotocopiatrice il seguente avviso:

> Qualora, appaiano scritte relative al toner spegnere fotocopiatrice, avvisare il personale e usufruire dell'altra fotocopiatrice.

Arghhh!

Inutile correggerlo, ristamparlo e spiegare agli incolti del piano che l'orrore era dato dalla virgola dopo "qualora", non avrebbero capito il mio sgomento, così da quel giorno mi ero limitata a fare le fotocopie tenendo gli occhi bassi e senza badare a dettagli che notavo solo io.

Mentre la Witch blaterava anatemi sulla terribile crisi che stava flagellando il mondo dell'impresa, io mi sentivo un treno del quale stavano sopprimendo la tratta per un drastico, irreversibile e inspiegabile calo di passeggeri. Inspiegabile fino a un certo punto: nelle ultime settimane avevano già "soppresso" sette profili, e tutti tra i venticinque e i trentacinque anni. Per quale misterioso atto di generosa sensibilità avrei dovuto essere risparmiata proprio io? Ci avevo solo pensato un attimo, però non avevo teso l'orecchio alle chiacchiere nei corridoi né mi ero data da fare per saperne di più. Strategia da struzzo, lo riconosco adesso che alla stazione del mondo sono rimasti pochi binari e rare, inservibili carrozze.

«L'amministratore delegato ha iniziato a operare una contrazione dei costi. Purtroppo in questa difficile fase di ristrutturazione dobbiamo tagliare alcune posizioni...» eccetera eccetera eccetera.

Dopo l'incipit non la ascoltavo più, perché l'amministratore delegato che aveva deciso di sopprimere la mia tratta di vita lavorativa era lo stesso uomo che, se fino a ieri mi incontrava sulle scale, col sorriso da Willy Coyote alzava il pollice in segno di vittoria ripetendo la frase "Una sola squadra, una sola visione", una specie di versione aggiornata del classico "Tutti per uno, uno per tutti". Peccato che costui, nonostante i baffi e il pizzetto sale e pepe, non abbia neppure lontanamente il fascino di Athos, Portos o Aramis, men che meno quello del vibrante D'Artagnan. Col mio capo, poi, quarantaquattrenne rampante che di nome fa Todd, non ero messa meglio. Io mi affido alla musica, al cinema e alla letteratura, lui parla solo di soldi; lui venera i clienti in funzione del budget, mentre io adoro quelli un po' sfigati; lui è di poche parole, io un torrente; lui lega di più con le gatte morte, io sono un tipo vivace e intraprendente. Insomma, due mondi. Inconciliabili. Geneticamente incapace di prendere decisioni in autonomia, il Direttore Comunicazione della Breston&Partners che ci aveva illuso un anno prima inaugurando il TBD (letteralmente "dipartimento pensate in grande") era drogato di riunioni e quando mi capitava di chiedergli: «Come sta?», mi guardava stupito come se dovesse convocarne una per darmi la risposta. Se aveva torto era sempre colpa di qualcun altro, oppure sfoderava la frase passe-partout, e cioè che glielo aveva chiesto l'AD.

In ogni caso e nonostante i sottintesi, il messaggio della Witch era chiaro: dovevo levare le tende il prima possibile e senza fare troppo casino.

Avrei potuto balbettare un commento, frastornarla di domande, lanciarmi in una legittima protesta.

Ucciderla, forse.

Ma quando qualcuno che nell'organigramma sta parecchie caselle sopra di te non ti sopporta, ribattere è un esercizio di pura accademia. La Witch, che riveste la sua sagoma informe in tailleur pantaloni nei toni pastello in primavera e in estate, grigi o neri in autunno e in inverno, è un essere di età indefinibile, invidiosa di ogni essere umano di sesso femminile, peggio se sposato o con figli. Io sono una zitella nullipara, l'ultimo fidanzamento indegno di questo nome risale a parecchi mesi fa, col sesso ho un rapporto viziato dal sentimento, ma nonostante questa incerta condizione esistenziale parlo correttamente tre lingue, metto una gran passione nelle mansioni più noiose e rido spesso anche di cose insignificanti. Intollerabile per la DRU, che se ti incrociava nel bagno delle signore mentre chiacchieravi amabilmente con una collega, ti guardava con l'aria truce di chi è impegnata in un lavoro serio, mica come noi creativi, profili inutili che passano la giornata a smanettare su internet. Non lo diceva, ma lo pensava di sicuro e osservava con aria disgustata i nostri umanissimi jeans, i golfini, i piercing, gli orecchini e persino i romanzi che sbucavano dalle borsette.

Dunque non ho replicato, le ho voltato le spalle e, guadagnata la porta, le ho augurato un sereno Natale, tanto appellarsi al buonsenso e alla stringente coerenza della logica sarebbe stato inutile: può un'agenzia di "comunicazione integrata" sopprimere l'addetta stampa? Può sopravvivere senza qualcuno che non commetta errori di sintassi, scriva con fantasia di qualsiasi argomento, per qualsiasi tipo di cliente, a proposito di qualsiasi genere di merce?

Può.

E io, creatura affetta da eccessi di spensieratezza, avrei dovuto prevedere che la condizione di collaboratrice – faticosamente raggiunta la qualifica di senior assistant – non sarebbe durata. Sotto sotto, ma neanche tanto sotto, avrei potuto arrivarci da sola, ma avevo fatto la gnorri confidando nell'incrollabile potere dei sogni.

E ora che è successo, l'intuizione, i segnali e le crepe sono diventati realtà.

Alla Breston&Partners non ero assunta *pertuttalavita* e dunque nemmeno la Witch avrebbe potuto licenziarmi usando la parola esatta, ma con la scusa della crisi negli ultimi mesi si sono presi in parecchi la libertà di sfrattare i dipendenti a centinaia.

Sgambettare, via, sciò.

Io sono sempre stata una lavoratrice "usa e getta", un soggetto deteriorabile come uno yogurt lasciato a languire nel frigo.

Il vortice del quale non avevo avvertito che leggere correnti era iniziato più o meno al ritorno dalle vacanze estive con uno spostamento "logistico" di uffici dal terzo al secondo piano, poi di scrivanie che si sono sempre più ravvicinate e – adesso lo so – di cuori umani. Naturalmente avevano ristretto il nostro, di spazio vitale, senza mettere mano ai megauffici dei dirigenti nei quali, nonostante la "peggiore crisi economica che ha investito il mondo occidentale", non mancavano mai mazzi di fiori, tivù con schermo a ventidue pollici e un frigobar zeppo come in un cinque stelle, mentre le loro automobili – ovviamente di grossa cilindrata – erano posteggiate in garage. Benefit, li chiamano, ovvero "benefici addizionali". Ma avete mai visto una Direttrice delle Risorse Umane, che di regola dovrebbe stare tutto il giorno seduta a smistare destini, aver bisogno di un'auto aziendale? Io sì, anche se provo pena per lei che la mattina si trascina verso il suo ufficio con gli occhi arroventati dal traffico e i nervi a fior di pelle. La mia auto, un'utilitaria scaricatami da papà in un momento di euforia finanziaria, è parcheggiata come una rispettabile vecchietta nel box di famiglia. Io vado in bicicletta nonostante il pavé, le rotaie del tram e la prepotenza dei motociclisti. In caso di pioggia o neve, faccio ventun fermate di metropolitana. Leggendo.

Andavo. Facevo. Leggevo.

Devo abituarmi a declinare i verbi al passato.

Fino a ieri, scrivevo.

Ero la reginetta delle cartelle stampa, i miei comunicati erano piccoli poemi che emanavano entusiasmo per il prodotto riuscendo tuttavia a non essere enfatici e a non raccontare balle. Non erano frutto di costosi corsi di marketing, perché devo la mia eclettica formazione ai primi anni di vita trascorsi accanto a una donna unica nel suo genere: mia nonna.

Da poco più di un'ora non corro più da nessuna parte,

sono scaduta, svincolata da impegni, sulla buona strada per diventare un'invisibile e, da profilo esuberante, sono diventata un esubero.

E dire che sembrava un martedì come tutti gli altri.

Alle 8.55 a.m. il fiocco decisivo era atterrato sulla punta del mio naso mentre stavo di fronte al portone. Un ricordo nitido perché, prima di mettere piede nell'androne di marmo della Breston&Partners, avevo alzato lo sguardo verso l'orologio che sta proprio sotto le finestre dell'ufficio e pensato con rammarico che per godere di quella meraviglia avrei dovuto tirare fino alla pausa pranzo, perdendo così la bella aria fragile delle cose che iniziano.

La mia preferita.

Già questa mattina, mentre tentavo di rimediare all'esagerazione di mascara che avevo steso sulle ciglia, mi era arrivata l'eco della nenia in tivù: "È allerta per le prossime quarantotto ore; sulle strade sarà la paralisi; chi può resti a casa; chi deve recarsi a scuola o al lavoro prenda i mezzi pubblici; previsti disagi per i pendolari" e via tormentando. La neve in città mi mette in un tale stato di eccitazione che, mentre il graduato del meteo annunciava l'imminente catastrofe, la mia testa vagava già nella direzione opposta. Così sono uscita di corsa dimenticando la cloche e l'ombrello, immaginando i bambini che giocavano a palle di neve nei cortili delle scuole e i rami degli alberi che di lì a poco avrebbero ricamato il cielo come pizzi di un corredo di nozze. Arrivata a destinazione, il marciapiedi era imbrattato dalle orme dei disobbedienti che non avevano dato retta al colonnello e il quadrante dell'orologio mi dava cinque minuti per accomodarmi, ottimista e piena di idee, alla scrivania.

Invece.

Non avevo saputo leggere i segni, che meno di mezz'ora dopo – quando ormai era troppo tardi – si erano materializzati nel mio cervello, lampeggiando tutti insieme il loro "alert". Quante avvisaglie ignorate! Per cominciare, già da qualche giorno lo schermo del mio computer dava cenni di insofferenza tremando come un budino, quasi a volermi avvertire di un pericolo imminente; poi: non ero stata convocata all'ultima riunione di planning strategico (l'adunata durante la quale davamo conto di come ci saremmo guadagnati lo stipendio nei successivi cinque giorni, in realtà una torre di controllo per i capi e un palcoscenico per i narcisi), e anche questo avrebbe dovuto destare in me almeno un'ombra di sospetto; per finire, la nuova responsabile del digital marketing – una che se la tira solo perché ha fatto un master di sei mesi in una sconosciuta università americana – mi schivava da giorni con scuse del tipo "Che palle, sono pressata da un cliente ossessivo, non hai idea quanto... non ho tempo nemmeno per un caffè". Neoarrivata e già pressata? Uhmmm, e poi solo un cieco non avrebbe letto un impaccio collettivo nell'eccesso di premura dei colleghi del Media Department. Ora so che la loro voce manierata non dipendeva dal Natale, dal bonus di fine anno, da un corso di bon ton aziendale o da un tardivo esame di coscienza.

Era imbarazzo?

Nonostante i segnali fossero evidenti, non mi ero accorta che intorno a me non solo stava cambiando tutto, ma era *già* cambiato tutto.

Mi chiamo Olivia, ho trentatré anni, undici mesi e dodici giorni. Quanto basta per essere stata delusa un migliaio di volte, ma abbastanza pochi per lasciarmi ancora sorprendere. Alla scuola materna ero secca come un rametto e la prospettiva di un futuro da adolescente segaligna come la fidanzata di Braccio di Ferro mi perseguitò fino a quando scoprii che, prima dell'arrivo del marinaio con la pipa, Olivia non era una sfigata, ma la protagonista assoluta del fumetto. Nel mio caso, Olivia era la nonna paterna, morta di parto mettendo al mondo zia Emma, che continua a espiare in ogni modo possibile: non si è sposata e dedica tutto il suo tempo al lavoro di giudice al tribunale dei minori. Sono nata alle 9.29 a.m. del 10 gennaio 1976, a detta di chi c'era una giornata troppo fredda perché una persona dotata di buonsenso decidesse di mettere piede in questo mondo.

Anche prima, quando sono uscita dalla Breston&Partners, erano le 9.29 a.m. e faceva un freddo becco. I fiocchi erano grossi come pollini e tutto questo non poteva essere una coincidenza.

In cielo, però, non volavano aerei con la scia.

Tutto taceva. Nemmeno un cenno da lassù.

Di sicuro mi avevano notata, ma nessuno aveva detto niente di più significativo di uno strascicato "ciaaao". Pazienza. Quello che contava era andarmene, allontanarmi dal lugubre palazzo in cui avevo trascorso centinaia di giorni feriali ed estenuanti maratone nei fine settimana a perfezionare progetti per clienti particolarmente instabili. Dove potevo andare? Se fossi tornata a casa in quelle condizioni sarei finita acciambellata sul divano a macerarmi in un'irreversibile deriva verso l'autocommiserazione.

No.

Era meglio camminare e non prendere decisioni affrettate. Tanto non avevo mete, né a breve, né a medio e nemmeno a lungo termine. Solo idee piuttosto vaghe di come fare per raggiungerle e foschi pensieri. Sono sgusciata nella prima strada a destra, impolverata di neve come una stanza abbandonata da troppo tempo. Tenevo salda tra le mani la scatola di cartone riempita alla rinfusa del mio passato e mi avviavo verso un traballante futuro.

Camminando si pensa meglio. Lo diceva anche Jim Morrison quando parlava dei giorni di pioggia che ti permettono di camminare a testa alta anche se stai piangendo. Se piangi mentre nevica, poi, non ti fila proprio nessuno. E se mai qualcuno che non aveva niente di meglio da fare avesse badato a me, nella peggiore delle ipotesi avrebbe potuto scambiarmi per una signora Dalloway qualsiasi che, con il pretesto di cercare un paio di guanti, se ne va in giro stralunata a covare capolavori. Il dettaglio stonato era la scatola: chi gira sotto la neve con un ingombro simile tra le mani? Un'imbecille. Oppure una giovane donna sfrattata per cause indipendenti dalla sua volontà.

E hop. Camminare. Camminare. Camminare.

In fondo stavo *solo* facendo una passeggiata fuori programma, e non importava se la tracolla non stava al suo posto, i tacchi sprofondavano, i capelli erano fradici e avevo seriamente bisogno di darmi una calmata. Ho girato a destra, poi a sinistra, e mi sono infilata in un vicolo dai marciapiedi così intatti che mi è venuto da camminare sulle punte per non sciuparli. A imbrattare il candore della tela che si srotolava davanti a me provvedevano due bambini in giubbotto rosso pomodoro e cappellino blu che trascinavano una giovane signora dall'aria esasperata verso la vetrina che baluginava dal fondo della strada. Li ho seguiti e, giunta alla meta, ho capito la ragione di tanta insistenza. Quel posto meritava una sosta: la vetrina, addobbata come una cortigiana, era un paese dei balocchi, con nastri di velluto intrecciati a fili d'argento dai quali ciondolavano Babbi Natale in marzapane su crostate alle fragole e una montagna di meringhe impilate a goccia in un iceberg di immacolata dolcezza. Il Locale Storico, un'illusione natalizia tra divani di velluto e tavoli verde salvia, era quasi disabitato, se si escludevano due uomini che chiacchieravano gesticolando seduti a un tavolino e i ragazzini scalpitanti con la mamma, che pareva averli definitivamente zittiti con due croissant grondanti crema.

Due camerieri in guanti bianchi parlottavano tra loro. Sembravano aspettare proprio me, ma conciata in quel modo non ero in condizione di entrare in un posto *così* e annegare i miei crucci nelle calorie. Non solo ero zuppa fino al midollo e avevo dei capelli sconvolti, ma dall'ultimo furto del portafogli mi sono imposta un tetto di pochi spiccioli e ho ridotto il contenuto al minimo indispensabile. Vale a dire la carta d'identità, tre biglietti della nonna, la tessera punti del supermercato e le due Polaroid dalle quali non mi separo mai. Con un budget ridotto all'osso, in quel paradiso della leccornia avrei potuto concedermi al massimo un cappuccino al banco.

Bye bye ragazzi, sarà per la prossima volta.

Ho ripreso la marcia, fregandomene della purezza del manto nevoso. Dovevo proteggere la scatola. Ho strisciato rasente il muro, ho voltato l'angolo e non mi sono accorta che il tacco dello stivale si è infilato in un sacchetto di plastica facendomi scivolare e cadere rovinosamente a terra.

La scatola era salva.

E io mi vergognavo come una ladra.

Se non mi fossi fatta tanti problemi e fossi entrata in quella pasticceria non sarebbe successo, se quei bastardi non mi avessero rovinato la giornata, se invece di andare in ufficio fossi rimasta al calduccio sotto le coperte, se, se...

Tempo pochi secondi ed ero già in piedi. Me la sono battuta in fretta mormorando: «Non è niente non è niente non mi sono fatta niente», ma intorno a me non c'era nessuno e, soprattutto, con una neve del genere non c'era niente di cui vergognarsi. Ho ripreso a camminare col cuore che batteva a mille, mi si stavano inzuppando gli occhi di lacrime, ero irrimediabilmente fradicia, mi bruciava un ginocchio e mi sentivo una povera disgraziata, così, quando il neon blu elettrico di un bar tabacchi ha lampeggiato un incoraggiante "Welcome", ero sicura che si stesse rivolgendo proprio a me.

"Welcome" era la prima parola gentile della giornata.

Non aspiravo una sigaretta dai primi, fallimentari esperimenti dell'adolescenza, ma urgeva recuperare un po' di controllo e, visto da fuori, questo posto di poche pretese aveva l'aria di essere il ricovero perfetto di un'anima prossima alla disperazione.

Ho scrutato attraverso il vetro e ho visto la mia immagine riflessa: ero un mostro che aveva bisogno di qualcosa di caldo. Ho tentato di spingere la porta con il piede, quando un passante dalla faccia felice me l'ha spalancata con un inchino: chi ha detto che questa è una città senza più miracoli?

"Welcome" non era un modo di dire.

Era un messaggio.

Sono entrata.

Il bartabaccaio, sulla cui testa decorata da un'unica ciocca di capelli – che gliela attraversava come un cerchietto – pendeva il cartello "Happy hour a buffet dalle 17.30 alle 21.00", trafficava con le schedine del Lotto davanti a un piatto di salatini sfiniti dall'umidità e a una boccia di vetro piena di monetine. Ho chiesto se potevo salire al piano superiore, ma Crapapelata continuava a fare quello che stava facendo; così, autorizzata dal suo silenzio-assenso, mi sono arrampicata fino al soppalco dove la tappezzeria a fiori viola su fondo marroncino dava un'aria casalinga alle pareti. Un déjà vu: avevo come l'impressione di essere già stata qui o in un locale molto simile, perché mi sentivo stranamente a mio agio, come se frequentare bar tabacchi fosse una consuetudine e questo posto fosse all'improvviso diventato il colpo di fortuna di una giornata iniziata nel peggiore dei modi. Sulla tovaglia in poliestere rosa del tavolo più appartato un sentiero di briciole faceva da coroncina a una macchia scura, come un neo malizioso su un faccione rotondo e in qualche modo sorridente.

Ho appoggiato la scatola, mi sono liberata della borsa e mi sono seduta.

Finalmente un goccio di pace.

Ho chiuso gli occhi. Ho fatto un respiro profondo, ma anziché essere pervasa da un fiotto di serenità come sosteneva la mia maestra di yoga, ho avvertito un crampo alla bocca dello stomaco, e non poteva essere fame (avevo fatto colazione un paio d'ore prima). Ho riaperto gli occhi e appoggiato la fronte al vetro gelato della finestra. La neve cadeva come zucchero a velo sulla strada e sulle figurine che avanzavano con cautela. Chissà perché nessuno si fermava ad ammirare le teste di donna mozzate della Casa della Parrucca del palazzo di fronte, erano fantastiche anche da qui. Un flash: di quando, bambina incline alla crudeltà, smontavo le teste alle Barbie, a Skipper e al povero Ken e le impilavo una sull'altra in un casalingo museo dell'orrore.

Alle 10.17 a.m. andava un filino meglio.

Almeno così sembrava, ma quando mi sono sporta dal parapetto e ho incrociato lo sguardo di un cameriere in grembiule nero, mi si sono riempiti di nuovo gli occhi. Anche quella non era una novità e, malgrado mi secchi terribilmente mettere a nudo i miei sentimenti, basta un niente a commuovermi. La testa di riccioli a spirale del ragazzo era al terzo gradino e la prima goccia ha iniziato a sgorgare indipendente dalla mia volontà. Non mi ha soccorso nemmeno il monito di Banana Yoshimoto che, a furia di leggerlo sul salvaschermo del pc, mi si è impresso nel cervello: "Anche nei giorni in cui arriva una cattiva notizia può accadere qualcosa di buono, e il mondo non finisce né cambia così, da un momento all'altro".

"Cara Banana" le avrei detto se avessi potuto parlarle a quattr'occhi, "mi scappa da piangere proprio perché oggi non la penso così, ma questa è la dimostrazione che non sempre la letteratura ci soccorre nei momenti del bisogno, anzi, il più delle volte inganna e di sicuro, almeno oggi, non riflette il mondo reale."

Mi sono sfilata il cappotto e, questa volta in piedi, ho fatto un altro lungo respiro da yogi, mentre il cameriere si è avvicinato al mio magone. Pochi passi ancora e mi sarebbe stato davanti, saremmo stati soli, noi due, in questa dolce e catastrofica mattina di dicembre. Se mi avesse chiesto: "Posso aiutarla? Non si sente bene?", come si fa di solito in questi casi, era finita. Non sapevo cos'altro fare per ricompormi, ormai ero in trappola, era questione di secondi. Avevo le guance in fiamme e non sapevo dove mettere le mani, quando sono imbarazzata mi succede sempre... mi sono sfiorata la guancia e non era per niente calda. Strano pure questo.

"Mantieni la dignità anche nelle occasioni più nefaste" avrebbe detto la nonna e io, che faccio un uso spropositato dei suoi invisibili consigli, l'ho ascoltata come se fosse stata lì sulla sedia dove avevo parcheggiato la scatola.

Mi sono riseduta e ho provato a depistare la realtà affondando nel menu a fisarmonica con le fotografie di bevande calde e cocktail dai nomi esotici. Malibù&coke 7 euro, tequila sunrise 12 euro, caipiroska al lime 8 euro. Una tazza di cioccolata costava 3 euro. Con panna – che nella foto pareva di gomma come il sushi in vetrina dei ristoranti giapponesi – 3 euro e 50.

«Ha scelto, signorina?»

Ho rialzato la testa e spostato il ciuffo che mi cascava sulla fronte come fosse un sipario. Oltre a denti bianchissimi che sono esplosi in un sorriso, quel ragazzo aveva anche la voce generosa e il tono morbido di chi sa come approcciare una sconosciuta che lacrima senza farla tanto lunga e soprattutto evitando di chiedere: "Posso aiutarla? Non si sente bene?". Un vero professionista.

Ho risposto al gentiluomo puntando il dito sulla figura.

«Prenderei... una di queste.»

«Con panna o liscia?»

Con: Dio solo sapeva quanto ne avevo bisogno.

Le 10.31 a.m.

Il benefattore col viso da folletto sta salendo verso questa sopraelevata zattera di salvataggio e punta il mio tavolo. Tiene tra le mani un vassoio di plastica con la cioccolata, una zuccheriera, delle bustine di dolcificante e un piattino di ceramica sul quale sono adagiati due biscotti su un tovagliolo di carta rosso. Cromaticamente impeccabile.

«Ecco, signorina. Ho esagerato un po' con la panna.»

E ci ha aggiunto le frolle, penso, colma di gratitudine. Questo ragazzo ha fiutato il mio isolamento e vuole essere solidale. Ripulisce la tovaglia dalle briciole tenendo la mano a coppa, posa la tazza sopra la macchia e contemporaneamente dà retta a due ragazze con il piercing al labbro che si stanno accomodando al tavolo accanto al mio. Scollegati gli iPod, sbattono i loro sacchetti di Zara e H&M per terra e chiedono un tè al gelsomino e un cappuccino bollente e senza troppa schiuma. Mesta, io balbetto il mio «grazie» e infrango con il cucchiaino la soffice punta della barriera bianca, mentre una quasi-lacrima, senza avere la grazia di avvisarmi, scavalca il muretto di mascara e inizia a colare, tiepida, sulla mia guancia. Vorrei eclissarmi in una botola nel pavimento, perché escludo di potermi alzare e anche di cercare un fazzoletto nella borsa. Affondo il cucchiaio, affronto a testa china la lotta tra la levità del bianco e la densità marrone della cioccolata, terra sicura sotto un manto di neve frivola e capricciosa. Magari lui preferirebbe fermarsi qui, dirmi: "Su, su non faccia così" o soltanto sapere cosa diavolo mi è successo, ma questo aumenterebbe il mio imbarazzo e dunque tiro un sospiro di sollievo quando Crapapelata lo chiama sporgendosi dal bancone e "Maaaaaanuel" si allontana a passo svelto dal mio strazio. Certo, una che piagnucola il 22 dicembre in un bar tabacchi non deve essere un gran bello spettacolo.

Preparatevi ragazze, siamo solo all'inizio e temo che alla vostra generazione possa succedere di peggio, cioè che l'ingresso nel mondo adulto diventi ancora più umiliante e che corriate il rischio non solo di perdere la scrivania al semplice battito di ciglia di un capo illetterato, ma di non arrivarci nemmeno, a una qualsivoglia scrivania. Naturalmente taccio, meglio bere in fretta la cioccolata e farla finita con questa pubblica umiliazione, ma non posso ancora andarmene, non sono pronta per le mie fedeli mura di casa con tutto ciò che ne consegue e cioè il divano, la tele, l'eco del "Signorina, mi dispiace ma il suo profilo non corrisponde più alle esigenze della nuova Breston&Partners".

Rifletto e centellino questo nettare denso.

Un cucchiaino, un pensiero.

Continuo a lacrimare come un'allergica. Ho perso ogni residuo d'orgoglio, le due vicine ridacchiano sottovoce con la mano sulla bocca e certo parlano d'altro, ma... e se parlassero di me? È che quando piangi, piangi e non c'è verso di "pensare positivo", visualizzare un paesaggio di pace, improvvisare esercizi di training autogeno che, dopo un trauma, evidentemente non danno l'effetto promesso dai manuali e dalle maestre di yoga. Vorrei eliminare i bastardi della B&P dai miei pensieri il più velocemente possibile, vorrei impacchettare il mio passato con il senso di liberazione tipico dei traslochi, "via il vecchio avanti il nuovo", e invece... con il corpo sono in questo bar tabacchi, la mente vaga e riesce a visualizzare solo ex colleghi, i prossimi sulla lista esuberi. Immaginare lo schermo di Mister Todd incenerito da un hacker, un untore geniale, paladino di noi vittime delle logiche aziendali, ha però il potere di trattenere nuove lacrime alla sorgente. Mi sento a pezzi e, se solo il pensiero di un Robin Hood difendi-precari serve a rincuorarmi, trasferisco i miei neuroni nella foresta di Sherwood. So di non essere un'eccezione: siamo a centinaia, migliaia in tutto il mondo, una generazione falcidiata dall'egoismo di manager imbottiti di soldi che migrano da una riunione all'altra, da un convegno all'altro per discutere del futuro dei giovani ai quali stanno rubando il futuro. Chi, se non voi, ladri di futuro, ce lo sta rubando? Che questo sia l'anno della "peggiore crisi economica che ha investito il mondo occidentale" lo hanno sicuramente orecchiato anche le mie vicine; ma che molti ne stiano approfittando per fare pulizia etnico-generazionale nelle aziende non lo sospettano nemmeno. Beata gioventù! Guardandole mi punge un po' di nostalgia per i vecchi tempi, quando sul calendario il 22 dicembre era soprattutto l'ultimo giorno di scuola.

Un altro cucchiaino, un altro pensiero.

Ho di meglio da fare che lasciarmi inghiottire dai ricor di; infatti non lacrimo più.

In fondo essere ingiustamente cacciati per l'insipienza di esaminatori dalla vista corta è successo ad altri ben più meritevoli di me. Assaporo le ultime gocce e penso che la vita li ha ampiamente ripagati. Walt Disney, per esempio, aveva da poco cominciato a lavorare come disegnatore di fumetti per un giornale, quando venne licenziato a causa di "mancanza di idee e di immaginazione"; Oprah Winfrey, che adesso frequenta la Casa Bianca un giorno sì e uno no, fu allontanata dal canale in cui lavorava come reporter perché "inadatta al piccolo schermo". La miopia deve essere una caratteristica comune tra chi comanda se persino Fred Astaire venne scartato a un provino dai boss della MGM che di lui scrissero: "Non sa recitare! Leggermente calvo! Sa ballare un po'!".

Stilerò un elenco di personaggi defenestrati da capi illetterati e lo appenderò sul frigo, mandandolo a memoria come una preghiera. Da stasera, l'elenco internazionale dei sottovalutati sarà il mio mantra, il mio aiku, la mia filastrocca del buongiorno. E se – come diceva Audrey Tautou nel *Favoloso mondo di Amélie* – "fallire la propria vita è un diritto inalienabile", io me lo prendo tutto e tiro fuori dalla borsa la Moleskine.

Ripulita la tazza, addento una frolla. Mi butto sul mio ansiolitico preferito: compilare liste. Data la confusione mentale, vado in ordine sparso.

COME OCCUPARE IL TEMPO MENTRE CERCO UN NUOVO LAVORO

Tanto per cominciare, potrei fare tutto quello che avrei sempre voluto fare e che ho rimandato-tralasciato-trascurato-eclissato-ignorato con la solita, trita motivazione: non ho tempo.

Adesso ne ho.

1 SCRIVERE BIOGRAFIE

In effetti ci penso da quando la signora Barbara del quarto piano scala B ha preso a raccontarmi la storia della sua famiglia. Una saga. Ogni volta che vado a tenerle compagnia o le porto la spesa riprende dal punto in cui si era interrotta. Il bello è che, pur soffrendo di una leggera forma di Alzheimer, ricorda sempre dove eravamo rimaste. Potrei offrire questo servizio in modo professionale, facendo esercizio con Rosa, del secondo piano scala C, o le sorelle Nina e Lidia primo piano scala D che avranno un mucchio di ricordi da lasciare ai nipoti, magari anche una persona di cui vendicarsi con episodi che potrebbero rivelare segreti rimasti nascosti in tutti questi anni.

Ci sono storie dappertutto, basta saperle ascoltare. Forse non sono buone storie, ma sono vere. E non devono necessariamente avere un lieto fine. Se appiccicare un happy end a una vita di tragedie e disastri non è molto credibile, non convince nemmeno una commedia con un finale tragico. Ognuno ha la propria versione, ma alle persone piacciono le biografie e le biografie della gente normale non le scrive nessuno. Stilare elenco condomini e appuntarsi quello che già so. Poi, sviluppare.

2 STUDIARE QUELLO CHE NON HO FATTO IN TEMPO A STUDIARE

Il tip-tap, il portoghese, e il giardinaggio per uscire dalla penosa condizione di autodidatta. Quel poco che conosco del mondo vegetale deriva dall'istinto e dalla mia formazione interrotta dai noti fatti. Tutto ciò che so lo devo alla nonna e al suo balcone. Fare ricerche su internet per migliorare.

3 ORGANIZZARE UN SERVIZIO DI MANUTENZIONE PIANTE DA BALCONE PER IL VICINATO

Ovviamente mi dovrò allenare sul mio, prima. Con la metà degli inquilini potrei arrivare a guadagnare quanto mi basta. Approfondire con piano di fattibilità.

4 INTENSIFICARE IL VOLONTARIATO ALLA CASA DI RIPOSO PER MUSICISTI

Alla casa di riposo vivono cantanti liriche e artisti che chissà quante ne hanno da raccontare, e fa niente se inventano: verificare anche con loro l'ipotesi biografie.

5 SVUOTARE IL MIO APPARTAMENTO, VENDERE IL SUPERFLUO, REGALARE QUELLO CHE A NESSUNO INTERESSA COMPRARE

6 IMBIANCARE LE PARETI

Il lavoro manuale tiene allenato il cervello e sveglia muscoli dormienti. Nel bianco, poi, si pensa meglio.

7 ISCRIVERSI AL SITO DI MISS MINIMALIST

Qui si trova una miniera di idee per vivere a basso costo e potrei postare la mia testimonianza di consumatrice redenta. Aprire dialogo con gli altri "pentiti" e scambiarsi consigli per risparmiare.

8 INSEGNARE ALLE MIE VECCHIETTE A USARE INTERNET

Sono un vulcano. Erutto soluzioni, snocciolo idee una dietro l'altra e la facilità con cui mi sento pronta al cambiamento sta a significare che l'inconscio ci lavorava da tempo. A mia insaputa.

Do un'altra sbirciatina in direzione delle adorabili e rumorose vicine, ma sono immerse nelle loro chiacchiere e la mia neonata saggezza probabilmente avrebbe un effetto raggela-speranza. È probabile che io debba un timido miglioramento dell'umore alla cioccolata che, prima di raggiungere lo stomaco, ha deviato verso sinistra inondando il mio cuore come una lava gentile.

Dopo il monologo per voce sola della Witch, tornata al rettangolo da treno che impropriamente il mio capo definiva "scrivania", non lo riconoscevo più. I fascicoli sistemati per colore, i post-it promemoria, il faldone "Idee e progetti", le riviste impilate in ordine cronologico, i fogli da riciclare, gli evidenziatori... mi erano estranei. Mi sentivo abbandonata anche dagli oggetti amici: i pennarelli colorati, la chiavetta del pc, le brochure con le mie composizioni, i dizionari e persino il tappetino per il mouse a forma di nuvola, quella grassottella, un po' goffa e sgraziata che aveva inaugurato la collezione *Nuvole e Aldilà*. Fingendo di essere impegnatissimi al loro rettangolo, Virginia, Fiona e i superstiti del TBD erano lì a spiare dietro i divisori, ma mi sentivo così mortificata che non mettevo a fuoco niente e nessuno. La mia unica, sincera amica alla B&P, la receptionist laureata in glottologia che grazie alla sua postazione sapeva tutto di tutti, è venuta a salutarmi con una scusa. Dagli altri, troppo occupati a proiettare sulla mia schiena piegata nei cassetti il trailer del loro prossimo futuro, nemmeno un cenno. Non ho dato loro molto tempo per liberarsi dall'imbarazzo e, prima di abbandonarli a rosicare nel perimetro di un organigramma in cui cercavano inutilmente illusori e salvifici varchi, ho buttato alla rinfusa nella prima scatola che ho trovato tutto ciò che contrassegnava la mia presenza in quel posto, applicando il piano di evacuazione che avevamo simulato giusto un mese fa e ripetendo mentalmente quello che mi ero impedita di pensare nelle ultime settimane: perché mai avrei dovuto scamparla proprio io?

Ho cancellato dal computer comunicati stampa, slide, report, budget, piani di fattibilità, piani di comunicazione, sudore e meningi.

Seleziona, trascina nel cestino.

Kscc-sccc. Clic.

Vuoto.

Tutto cancellato. Tranne un file. A pensarci meglio, avrei potuto abusare degli ultimi spicchi di privilegio, farne diverse stampate e trafugare dall'armadio cancelleria le lussuose cartellette di plastica colorata. Invece ne ho una sola copia che si è pure macchiata e, adesso che ci ho frignato sopra, è da buttare. Rianimata dalla cioccolata, esamino la mappa del mio pellegrinaggio, una strada in discesa di stage in stage, da assistente dell'assistente ad assistente e basta, da junior a senior: il mio Curriculum Vitae.

Il CV.

Il CVD, il Come Volevasi Dimostrare (sei un foglio inutile).

Lo tengo tra le dita come una reliquia, un memento, un "lei non sa chi sono io" e a dire il vero nemmeno io me lo ricordo, dunque questo foglio serve a rinvigorire la mia esile autostima. A scorrerlo con un filo di onestà, è soltanto una radiografia imperfetta che tralascia ciò che conta davvero: gli incontri che mi hanno segnata, gli amori veri e quelli che credevo lo fossero, le persone che mi mancano, quelle che hanno smesso di mancarmi, gli amici, gli insensibili che ho incrociato senza rendermi conto di quanto fossero senza cuore, le persone che amo e non ho fatto in tempo ad abbracciare.

I morti.

Che, per quanto mi riguarda, si sono allontanati solo fisicamente.

Sui *curricula* non c'è spazio per le passioni, i sogni, i fallimenti.

Per la forza dei desideri.

Ci devi scrivere nome, cognome, indirizzo, numero di telefono, indirizzo di posta elettronica, quando sei nato, dove, le scuole e l'università che hai frequentato, le lingue straniere parlate, lette e scritte, i master, gli stage, le collaborazioni, le pubblicazioni, il numero di scrivanie che hanno accolto il tuo sapere, le referenze. Gli sprovveduti ci aggiungono gli hobby e le passioni, senza rendersi conto che sono tagliole. Ami il teatro, il cinema, la musica? I cervellini delle Direttrici delle Risorse Umane sospetterebbero che la mattina sarai gonfia di sonno. Confessi che ti piace viaggiare? Sarai attratta dai fine settimana e probabilmente il lunedì ti darai malata. Se esprimi passione per la letteratura, susciti diffidenza; se segnali le tue capacità con il web, perderai troppo tempo a navigare e sui social network. Giochi a golf? Sei una snob. Fai volontariato con gli anziani? Hai problemi irrisolti con i tuoi genitori. Lo fai con i bambini? Sei preda di un irrefrenabile desiderio di maternità. Anche sulla condizione amorosa conviene tacere. Se sei single, cercherai marito in ufficio. Se sei sposata, potresti rimanere incinta. Vedova a trent'anni? Ti immaginerebbero in affannosa ricerca di un rimpiazzo del coniuge schiantatosi prematuramente in un incidente stradale. Così giovane e già divorziata? Mmmh, sei un soggetto instabile.

Questo foglio deve convincere le DRU di quanto sei indispensabile per il presente e il futuro dell'azienda, deve far loro supporre che non hai problemi di orario e sei disponibile a massacrarti di straordinari, che per te lavorare nei fine settimana non sarà un problema e che, naturalmente, non pianterai mai grane.

Dunque anch'io ci ho scritto lo stretto necessario.

Manca l'infanzia, uno dei periodi più appassionanti della mia vita. Quando la nonna mi insegnava a inseguire la felicità.

CURRICULUM VITAE

Peso alla nascita: kg 2.543.
Luogo: ospedale Humanitas.
Gruppo sanguigno: A fattore Rh positivo.
Lunghezza: 48 cm.

(Cioè) tipologia: bambina normale.

Già dalla cartella clinica si poteva intuire che non sarei diventata una gran bellezza. Di me si diceva piuttosto che ero "graziosa". Mi è sempre parso un aggettivo da serie B, del tipo "non sei brutta ma non potrai puntare sull'aspetto fisico per farcela". Da bambina non ero nemmeno fotogenica, così sono cresciuta contando su un fascino al di sotto della media, convinta che, con le trecce e gli occhi né marroni né verdi ma una via di mezzo tra un colore e l'altro, sarei rimasta un tipo *così così*. Infatti ancora oggi il termine "graziosa" mi insospettisce come ipocrita sinonimo di qualcosa di peggio.

Il mio sismografo, l'unica che mi considerava la bambina più bella di tutto il condominio, era mia nonna che, forse causa neve, oggi sembra essersi assentata. Non è da lei lasciarmi senza parole tra le mura di un bar, anche se questo soppalco si sta rivelando un ottimo punto di osservazione per una che, fino a poche ore fa, "si occupava di comunicazione".

Olivia, ti sono bastati dieci minuti con la Direttrice delle Risorse Umane e da scusate-se-sono-così-intelligente-e-preparata ti senti pronta per il reparto depressi acuti di un ospedale psichiatrico.

Tendo al melodramma, è vero, ma ditemi voi a quale azienda può interessare una *graziosa* trentatreenne – quasi trentaquattrenne – a rischio innamoramento-matrimonio-figli, che si commuove quando alle Olimpiadi ascolta gli inni nazionali mentre la bandiera viene issata sul pennone.

Ripiego il CV. È più istruttivo origliare le post adolescenti che, nonostante il Natale e le traboccanti borse colorate, non hanno un'aria molto più entusiasta della mia.

Dicono:
«Speriamo che a mia sorella piacciano sti orecchini.»
«Che figata sta felpa con la scritta "*Kiss me before my boyfriend comes back*".»
«Quanto ci metterai a liberarti dei tuoi? Giovedì sera c'è la festa dell'Ali.»
«Non ho più voglia di parlare con Lollo. Ha richiamato, ma io non so che cazzo dirgli.»

Alla fine l'urgenza è sempre quella: l'amore, o qualcosa che pensiamo gli somigli. Le parole dell'amore. Di solito, un labirinto di casini, penso, mentre l'innamorata ferita rovescia il suo tè sulla tovaglia rosa antico. Se le basta pronunciare un nome che fa pensare più a un cane bassotto che a un affascinante ventenne per mandarla in crisi, deve essere proprio cotta. E se la consolassi con un "Capisco perfettamente quello che provi", non mi crederebbe. Per loro sono un'anziana.

Una graziosissima vecchia. L'onda dell'insicurezza sta montando, calda come una tazza di tè.

Nonnina, dove sei finita? Nonnina, mi sembra di sentire la tua voce che sussurra: "Le parole devono cadere come gocce, Olivia mia. Mai sbavare sul piattino". Nonna, non mollarmi almeno tu.

Anche lei, ogni pomeriggio alle cinque, sorseggiava il suo tè, ragazze, nemmeno fosse una lady.

Lei, che a differenza dei miei genitori mi lasciava leggere tutto quello che volevo, anche i libroni con le figure dei morti squartati, lei che declamava i necrologi del giornale come fossero sonetti e andava matta per le parole crociate particolarmente ardue. Le affrontavamo insieme armate di vocabolario e di dizionario dei sinonimi e contrari. «Le parole scacciano i brutti pensieri» mi diceva cinguettando come un uccellino stonato e, nonostante mi sfuggisse il significato della maggior parte dei vocaboli con cui riempiva la griglia e confondessi orizzontale con verticale, sono convinta che la mia vocazione per le parole sia nata durante i lunghi pomeriggi trascorsi con lei, sedute al tavolo della cucina o sul divano a fiori del suo soggiorno.

Spero che le mie ragazze abbiano almeno una nonna a testa. Certo, non sarà mai come la mia, che diceva anche: «Io non li voglio i necrologi, l'ho detto anche a tua madre. Quando sarà il momento, controllerai che mamma e papà non spendano i loro soldi inutilmente informando dei perfetti sconosciuti di quanto manco a tutti voi». A quell'età non capivo bene la funzione di quei rettangolini stampati sulle ultime pagine del giornale, ma quando nonna morì riuscii a far rispettare la sua volontà, nonostante la mamma sostenesse che quelle non erano faccende da bambini. Grazie alle parole crociate e ai necrologi, a quattro anni conoscevo l'alfabeto, a cinque scrivevo, a sei la scuola mi annoiava già.

Vedova da quando suo marito era morto a quarant'anni in "uno stupido incidente stradale" sul quale, a domande precise, sorvolava come a nascondere qualcosa di indicibile, nonna non aveva mai accettato di trasferirsi da noi, ma dopo innumerevoli tentativi con ragazze *au pair* che non superavano la soglia delle due settimane ciascuna, si candidò a occuparsi della mia formazione. Veniva a prendermi la mattina alle sette e mezzo in punto per accompagnarmi a scuola e nel pomeriggio mi teneva a casa sua fino a quando uno dei miei indaffaratissimi genitori correva a riprendermi. Passavamo tanto tempo a fare quelle che papà definiva "cose strampalate", in realtà per noi normalissime, istruttive e soprattutto divertenti. Nonna era rigida su argomenti come la scuola, il rispetto per la natura, la lealtà nell'amicizia, il lavaggio accurato dei denti dopo ogni pasto inclusa la merenda, e libertina su tutto il resto. Quando accennava al suo misterioso passato di musicista, che stava confinato sotto una custodia di tela blu in un angolo della sua stanza da letto, si emozionava un po'. La grande arpa, che non ho mai potuto toccare fino a quando è passata a me, inutilizzata nelle sue vesti di strumento musicale diventa un indispensabile totem in momenti come questo, quando niente sembra andare per il verso giusto e intorno a te vedi solo gente felice. Un po' come i clienti qui sotto, che fanno un gran casino in fila per un pacchetto di sigarette o giocando schedine una dietro l'altra. Mi sa tanto che ci provo anch'io, se vincessi qualcosa almeno risolverei l'emergenza.

La nonna giocava a scala quaranta con le amiche e aveva un carattere forte, dunque era un tipo scomodo per chi la giudicava un'eccentrica indisponente, ma erano per lo più sciocchi individui che non avevano mai avuto l'occasione di ricevere una sua lettera. Oltre alle sue personali, ne scriveva di bellissime per un sacco di gente: le amiche, le inquiline del condominio, i negozianti del quartiere e in generale per tutti coloro che glielo chiedevano da quando si era sparsa la voce del suo talento. Erano lettere d'amore, commerciali, richieste di aiuto, implorazioni, biglietti di condoglianze e messaggi di felicitazioni. La sua specialità, però, erano le lettere di protesta, che nonna rendeva efficaci riuscendo a non insultare il destinatario in modo diretto, bensì facendogli credere di lusingarlo con abilità da enigmista.

Prima di consegnarle al committente in eleganti buste color avorio, me le recitava a voce alta. Uno spasso.

La nonna, centosessantacinque centimetri di ironia e dolcezza, che non ha mai condiviso la rivoluzione di mamma perché aveva visto suo marito "partire per la guerra, quella vera", mi ha regalato sei anni e undici mesi di avventure e la mia prima Polaroid.

Fu in occasione del mio quinto compleanno, quando mi confermò quello che sospettavo da mesi – cioè che Babbo Natale era un'invenzione – e per consolarmi mi mise tra le mani un pacchetto con il mio primo modello 600. Il biglietto, che conservo nel portafogli, dice: "La Polaroid è l'attimo che scegli, lo scatto resta un segreto finché non asciuga, immortala i tuoi momenti più belli, più intimi e gioiosi, gli oggetti e le persone che ami e anche quelle che ti incuriosiscono soltanto. Nonna".

Ah, quelle foto!

Scivolavano dalla fessura con un fruscio, bastava agitarle delicatamente e aspettare che i colori prendessero forma.

Quasi quasi la tiro fuori dalla borsa: il bar tabacchi è un set fantastico, ma sono sicura che se scattassi un ritratto alle vicine penserebbero che io sia strana. Vuoi mettere la praticità di una digitale?

La prendo lo stesso, in attesa di soggetti meno rischiosi.

Il motto della nonna era: "Formula ogni giorno almeno un pensiero buono e, quando ti senti trascurata, mandati una cartolina". Un po' come il gioco della felicità di Pollyanna: lei era abilissima a scovare pensieri buoni anche nelle giornate più complicate, e fa niente se la mia amica Sarah insiste a dire che Pollyanna è una pazza mitomane che ci ha illuse per decenni che la soluzione a tutto è esibire un cuor contento. Anche la mania delle cartoline non mi è passata: ogni volta che faccio un viaggio, o se vedo uno scorcio di questa città che mi piace, o se mi sento sola e "trascurata" (il che accade spesso), me ne spedisco una. Purtroppo il bar tabacchi non ne vende. «L'infelicità» sussurrava la nonna come a svelarmi uno dei suoi segreti «è non avere abbastanza desideri.» Così mi esortava a formulare i miei, li scriveva su piccoli fogli quadrati (gli antenati dei post-it) e, con una certa solennità, li piantavamo nel terriccio di un grande vaso sul balcone. A volte accompagnavamo la semina con le note del *Concerto per flauto, arpa e orchestra* di Mozart o con la canzone che la nonna adorava.

Quand Olivia rêvait,
c'était d'un grand amour
plus grand que la forêt
et plus beau que le jour.
Mais qui saura jamais
le triste et doux secret
qui l'enchantait
quand Olivia rêvait...

Canticchiava e mi diceva: «Noi piantiamo desideri, Olivia, qualcosa prima o poi succederà». E fiorivano non ti scordar di me, margherite, gerani e metri di rami d'edera, che resta verde anche d'inverno. Senza dirmelo, nonna nascondeva i suoi biglietti dei desideri arrotolati come mappe del tesoro nei posti più impensati. Li ho trovati anni dopo, quando ho preso possesso del suo appartamento, rimasto intatto perché la mamma non se l'è mai sentita di smantellarlo. Quando mi ci sono trasferita, la caccia ai biglietti nei cassetti del comodino, nella scarpiera, tra i ricettari, nella scatola del cucito e tra le pagine dei suoi romanzi è stata entusiasmante. Lo storico vaso si è rotto mentre montavo lo stendibiancheria sul balcone. Dei bigliettini non c'era traccia. Marciti?

Dal banco di nuvole dove oggi risiede, nonna mi avverte, mi consola, mi manda indicazioni e messaggi in codice: strofe di poesie, disegni, immagini alla tivù e, da qualche tempo, anche su internet. La supremazia della nonna non si discute. Si ama e basta. Lei dalla mia vita non se n'è mai andata e avrei davvero bisogno di un suo consiglio adesso, mentre la vecchietta sotto di me grida al bartabaccaio: «Mi giochi lei la sestina 10-12-19-30-85-90 che io non ci vedo bene, metta la crocetta sui numeri giusti, mi raccomando».

Le 11.17 a.m.

La finestra a mezzaluna velata di condensa lacrima come un bimbo febbricitante. Inspiro ed espiro, inspiro ed espiro, inspiro ed espiro profondamente dal diaframma e, per prevenire una nuova ondata, schiaccio il naso contro il vetro gelato. Vedo: gli spalatori con la pettorina fosforescente che puliscono il marciapiedi con gesti meticolosi; una ragazza dai capelli rosso carota che sbanda con la bicicletta. Ecco: sta per cadere, ma fortunosamente appoggia i piedi a terra e la raddrizza per il manubrio, le arance ruzzolano dal cesto come palle da biliardo, io vorrei aiutarla ma sono qui sopra, signorina, accidenti, come faccio? Sorrido alla sconosciuta – la neve le dona, sa? – che si è già rimessa a pedalare e non pare per nulla preoccupata; le guance di un ragazzino che guarda all'insù. Ehi, mi senti? Pensi anche tu che avere la faccia piena di neve sia una sensazione meravigliosa? Bambino, darei qualsiasi cosa per non pensare a *quel* giorno proprio adesso e per ricordarmi chi ha scritto: "Per quanto tentiamo di andare avanti, per quanto sia forte la tentazione di non guardare indietro, il passato torna sempre a morderci il sedere", ma non me lo ricordo. Inspiro ed espiro ipnotizzata dal minuetto dei fiocchi e da due passerotti che sono planati sul davanzale, gli occhi vitrei, i becchi che si sfiorano, i colli piumati che si strofinano per riscaldarsi un po'. Inspiro ed espiro con regolarità da metronomo e gradualmente il groppo pare sciogliersi un poco mentre mi viene in mente che non avevo mai fatto caso all'incredibile quantità di volatili che zampettano sui davanzali e che sarebbe ora di tornare a occuparmi del presente.

Le mie compagne di soppalco si alzano, si infilano gli auricolari e raccattano i sacchetti. Il parquet scricchiola sotto i loro tacchi mentre si allontanano ridacchiando tra loro e dandosi di gomito. Oh, come mi farebbe comodo adesso qualche grammo della loro leggerezza, anche se l'unica parola che sento distintamente è "sfigata". Dovrei tirar fuori l'orgoglio e dire loro che non sono una sfigata? Ragazze, io mi *sento* temporaneamente una sfigata, ma sarebbe troppo complicato spiegarvi che sono soltanto una giovane donna *in attesa*.

Non so bene cosa aspettarmi, ma aspetto.

Una soluzione, una tregua, qualcosa che somigli a un'idea. Posso andare avanti a tazze di cioccolata qui al tavolino ancora per un po', ripassare il curriculum per provare a immaginarmi un futuro e non cedere alla sudditanza degli oggetti che, al sicuro nella scatola, mi ricordano quanto sono ancora legata ai beni materiali e al mio piccolo passato di addetta stampa nell'agenzia più carogna della città. Cercare quiete in un bar tabacchi, per una non fumatrice, fino a ieri sarebbe stato impensabile; adesso, vivere a basso costo è tutto quello che mi viene in mente per una sopravvivenza degna e persino originale.

CATEGORIA CIBO PER IL CORPO

Rinunce	*Alternative*
La spesa.	Comprare prodotti in offerta; andare al mercato; acquistare solo frutta e verdura di stagione; appiccicare sul frigo l'ultima pagina del *Candide* di Voltaire che, molto prima di Michelle Obama, disse: "Dobbiamo coltivare il nostro giardino"; seminare basilico, prezzemolo ed erbe aromatiche nei vasi che giacciono inutilizzati sul balcone.
L'acqua in bottiglia.	Dotarsi di caraffa con depuratore e passare a quella del rubinetto.
L'abbonamento a yoga.	Per essere in forma a costo zero fingere più volte al giorno di avere dimenticato qualcosa al piano terra; allenarsi con i pesi ascoltando musica o guardando il tg; ripassare gli esercizi su You Tube; andare a correre; usare la bici anche d'inverno e poi camminare, camminare, camminare.
Il riscaldamento che supera i 20°.	Abbassarlo a 18° per risparmiare sulla bolletta e vestirsi a cipolla.

CATEGORIA CIBO PER LO SPIRITO

Rinunce	*Alternative*
I romanzi comprati in modo compulsivo.	Riordinare la biblioteca di casa per dare l'idea di un cambiamento e scoprire (perché accadrà, lo so che accadrà) un sacco di romanzi mai letti o degni di rilettura.

Le lezioni di *conversation* con miss Peate.	Spiegarle la situazione e fare esercizio sul sito BBC Learning che per la pronuncia è una garanzia.
I viaggi.	Farsi ospitare dagli amici all'estero; mettere il trilocale su Home Exchange o puntare sul couch surfing.
I giornali a disposizione in ufficio.	Su internet si leggono gratis e non si abbattono inutilmente alberi e foreste.
Le scarpe e i vestiti.	Iscriversi al sito www.renttherunway.com; fare acquisti alle bancarelle del mercato e avere pazienza nella ricerca; puntare su outlet e stockisti; organizzare con le amiche *swap party* settimanali; festeggiare con orgoglio il Buy Nothing Day.
La tintoria.	Lavare i golf a mano senza infeltrirli; fare lavatrici a pieno carico di notte evitando le temperature elevate.
I capelli.	Iscriversi come modella-cavia al corso per praticanti parrucchieri dove ti fanno il taglio gratis.

Esercitarsi a biro nell'eliminare ciò che fino a poche ore fa sembrava indispensabile regala un intimo senso di purificazione: mi sento già più leggera e, se supero questa prima impasse, riuscirò a non trasformarmi in una giovane donna acida e risentita col mondo. In poche parole, devo sostituire l'egemonia della quantità con la qualità. Sono mesi che mi frulla di mettere in ordine vestiti, magliette, camicie e cappottini suddividendoli per colore nella microcabina armadio che ho ricavato dietro il letto; li mischierò, ricomporrò la tavolozza sulle grucce e mi sentirò una ex consumatrice appagata a costo zero. Fermare il tempo dei vestiti è possibile. E anche offrire loro una possibilità di riscatto: rimescolati sembreranno quasi nuovi e comunque, come diceva la nonna, per sentirsi a posto bastano un abito in crêpe di seta per l'estate e uno in crêpe di lana per l'inverno. Archeologia, lo so, ma le umiliazioni della DRU mi hanno messo addosso uno struggente ricordo delle nostre fughe, quando andavamo a "fermare il tempo".

Salivamo sul bus fino al capolinea. Lì, dove le case finivano, tra campi verdi e ondulati in cui a primavera spuntavano margherite selvatiche, iniziava la nostra marcia abbraccia-alberi. «Entra nel loro cuore, ascoltalo» mi diceva aggrappandosi a un platano, a un pioppo, a un acero del bosco fuori città. Camminavamo sull'erba tenendoci per mano e raccoglievamo le foglie da ricopiare sulla carta da disegno. «Senti l'energia degli alberi, diventa come loro: fermi, diritti, forti fuori e caldi al loro interno» aggiungeva convinta e convincente. Non erano parole complicate, ne capivo il senso e mi avvinghiavo agli alberi più smilzi per riuscire ad abbracciarne il tronco tutto intero. Mi sfuggiva il significato della parola "energia" eppure lì con lei diventavo forte come un tronco, svolazzante come le foglie, e dai miei piedi sentivo spuntare radici che penetravano la terra. E quando mamma chiedeva: «Cosa avete fatto di bello?», nonna rispondeva: «Siamo andate a zonzo». Un fatto è certo: quando risalivamo sul bus, ogni tristezza era scomparsa.

Lo faccio ancora adesso, e in questo momento vorrei tanto sentire la sua voce che mi bisbiglia all'orecchio: "Oggi cerchiamo la felicità nei dintorni e, se non la troviamo, saliamo sull'autobus". Ora, più che di un albero, avrei bisogno di una foresta, ma la neve scende imperterrita e da sola non ce la faccio ad alzarmi da questa sedia e andarmene a zonzo.

Sono le 11.29 a.m. e ho un sacco di tempo.

Si pensa sempre così. Di avere un sacco di tempo.

L'iPhone ha la suoneria abbassata. Segnala una chiamata da un numero sconosciuto. Non rispondo. Mi è rimasta dentro l'ansia di rispondere al telefono quando non so chi c'è dall'altra parte. Come quel pomeriggio.

Il 6 dicembre 1982, quando arrivò la telefonata, stavo guardando la tivù.

Sedici giorni prima la nonna era ruzzolata fino al pianerottolo di sotto inciampando sulle scale, mentre insieme stavamo andando a consegnare una lettera alla signora Olga, terzo piano scala B, un tipo piuttosto insistente che ne chiedeva anche due alla settimana da lasciare al marito, un ometto sempre nervoso che alle missive della moglie non rispondeva mai. Ma quella testona insisteva con sdolcinate profferte d'amore che infilava sotto le crostate di frutta: un errore tattico, secondo la nonna, che consigliava di «non correre dietro agli uomini, ché se fai la preziosa saranno loro a correre dietro a te».

Non so chi delle vicine abbia chiamato i soccorsi e subito dopo mamma e papà. L'ambulanza era arrivata in fretta, era entrata con la sirena accesa fin dentro il cortile e quattro infermieri avevano disteso la nonna su una barella con le cinghie. Mi ero inginocchiata vicino a lei, che era circondata da inquiline urlanti, e le avevo detto: «Sicuro come l'oro tornerai a casa presto, nonna». «Andrà tutto bene» mi rispose, come nei telefilm in cui a un certo punto c'è sempre qualcuno che dice: "Andrà tutto bene", anche quando intorno c'è un casino impressionante. Gli infermieri erano di quei tipi che si impegnano a tenere lontani i bambini dal dolore pure se non danno fastidio, ma anche se mi rassicuravano dicendo: «Tutto a posto, piccola», e si guardavano in giro cercando qualcuno che si occupasse di me, io ero riuscita a recuperare la lettera: mi scocciava che al pronto soccorso leggessero la posta della nonna o pensassero che la signora che stavano eroicamente salvando avesse un amante o cose simili. Più tardi l'avevo consegnata personalmente. La signora Olga mi aveva guardata con aria scandalizzata, come se una bambina dovesse ignorare certe cose della vita.

E dell'amore.

La nonna si era fratturata l'osso del femore, ma in ospedale noi minori di otto anni non potevamo entrarci. Per solidarietà iniziò a farmi male la gamba, sentivo il suo dolore come se fosse capitato a me, ma, grazie alle visite vietate, la nonna me la ricordo da viva e non so cosa significhi l'espressione "sentirsi soli al mondo".

Il giorno dopo l'incidente, papà cominciò a venirmi a prendere a scuola e, dopo una passeggiata insieme, mi lasciava sul pianerottolo di casa. Già questo era alquanto strano, e faticai a convincerlo che poteva tornarsene al lavoro senza preoccuparsi per me. «Hai la chiave, Olli?», «Sì, ce l'ho attaccata al collo.» Da seienne godevo già di una certa indipendenza e lo convinsi che me la sarei cavata benissimo da sola.

Il sedicesimo giorno di libertà, il 6 dicembre 1982, nevicava.

Preparata la merenda, una fetta di pane bianco con la marmellata di fragole e un succo di frutta alla pesca, guardavo *Lady Oscar*. I cartoni animati erano il frutto proibito, i miei genitori progressisti li consideravano nefasti per la mia formazione; alla nonna, che ascoltava i notiziari (come li chiamava lei) e le canzoni da una vecchia radio in bachelite perennemente sintonizzata sul terzo canale pubblico, la televisione faceva schifo. Io, invece, conoscevo le sigle parola per parola e di *Lady Oscar* mi piaceva da matti la strofa "il buon padre voleva un maschietto ma ahimè sei nata tu". Nonostante la libertà di cui stavo approfittando, non riuscivo a spassarmela e persino i cartoni proibiti non mi distraevano. Aspettavo che andasse in onda un episodio della *Famiglia Bradford* (una casa senza nonni e piena di gente tra padre, madre, matrigna e otto figli che avevano un sacco di guai e avventure), quando suonò il telefono.

Ci misi un po' a rispondere, lo squillo rimaneva come sospeso nell'aria, invisibile e minaccioso.

Era la mamma.

Si raccomandava – «Fai i compiti, stai buona, mangia qualcosa, fai un bagno caldo, prepara la cartella» – e mi tranquillizzava – «torno appena posso» –, ma la sua voce zoppicava con affanno, quasi che fosse diventata balbuziente.

Un po' guardavo la tivù.

Un po' mi guardavo le mani.

Un po' guardavo fuori dalla finestra.

Poi, non sapendo come controllare l'agitazione, decisi che

l'unica cosa sensata da fare era dormire. Quando non so che pesci pigliare o sono troppo confusa, chiudo gli occhi, faccio dei lunghi respiri, visualizzo un'immagine qualsiasi e mi addormento talmente in fretta che non ho tempo di accorgermi di com'è bello essere così stanca da non riuscire nemmeno a preoccuparmi per qualcosa a cui tengo troppo.

Potrei tentare anche adesso. Raccattare le mie cose, salutare il cameriere più gentile della città, andare a casa, sdraiarmi sul divano, chiudere gli occhi e immaginare. Tra i miei soggetti preferiti ci sono: le dita dei piedi che sprofondano nella sabbia; il tramonto rosso sulla distesa di neve al Polo Nord che ho visto in un documentario; in generale i tramonti e quel momento sospeso in cui dalla luce si passa al buio; una foresta dove gioco ad abbraccia-alberi; restare chiusa nei grandi magazzini di notte con tutte le luci accese mentre giro tra i reparti e posso fare quello che voglio.

Riportare indietro le lancette è un'operazione rischiosa. Mi sta salendo di nuovo il groppo, meglio fermarsi ancora un poco al bar ed elaborare un piano. Devo avere un piano alternativo, accidenti! Nella vita programmare è importante, invece sto qua abbarbicata ai ricordi con gli occhi incollati al menu.

Nonnina, dove sei finita?

Quel pomeriggio, prima di dormire, scattai una Polaroid ai miei piedi scalzi, abbassai il volume della televisione e mi accucciai sotto il plaid.

Mi svegliai con il suo profumo.

Chamade era odore di mamma.

Era tornata.

Stava china su di me, non si era nemmeno tolta il cappotto e i guanti di capretto. Le sue mani, prodigiose nel fare il doppio nodo alle stringhe delle scarpe e nel tirare fuori i bambini dalle pance delle mamme, mi sfioravano appena. Sorrideva, e quel sorriso stonava con tutto il resto. Con i suoi occhi, soprattutto. Mi sollevò per le spalle accarezzandomi i capelli e cullandomi come se fossi uno dei suoi neonati. Come un disco rotto che ricomincia ogni volta da capo quando salta la puntina, iniziò il suo discorso diverse volte. Parlava a scatti, ripeteva il mio nome come una cantilena, «Olivia, Olivia, Olivia...», poi si interrompeva e mi soffocava di abbracci stringendo tanto da farmi male alle costole. Era come se pronunciare le sei lettere del mio nome le arrecasse un'indicibile sofferenza, che non si sa mai dove si deposita.

Cantavo mentalmente:

Quand Olivia rêvait,
c'était d'un grand amour
plus grand que la forêt...

Mi godevo il suo profumo dolce e il suo magnifico tepore. Non era una da abbracci calorosi la mamma, perciò ne approfittavo per non perdermi quel buon odore di flanella bagnata. Lei mi guardava con gli occhi azzurrissimi e l'aria di aspettarsi qualcosa da me. Mi guardava e basta senza riuscire a dire qualcosa di diverso dal mio nome. Piangeva e mi stringeva e non si capiva chi di noi due stava consolando chi. Mentre la famiglia Bradford preparava il barbecue sul prato davanti casa, le parole galleggiavano nell'aria come piccole boe sulla superficie del mare.

«Ti voglio bene» iniziò a ripetere, e allora cominciai a immaginare quello che non riusciva a dire, ma era come se non avessi bisogno di leggerle le labbra, era come se nella parte più nascosta del mio cuore conoscessi già la verità e dovevo fare sì che tutto restasse com'era dentro di me. Ancora per un poco. Quando tutta quell'agitazione si fermò e lei disse: «Amore mio, la mia mamma, la tua nonna... la nostra meravigliosa nonnina è... morta», fu come non sentirla.

Non bastava ingessarle l'osso?

Di solito nella mia famiglia non si raccontano balle nemmeno ai bambini, non si usano metafore o giri di parole, ma in quel momento volevo solo sentire qualcosa tipo: "Olivia, la nonna è volata in cielo, è partita per un lungo viaggio. Tornerà".

Miracolo!

«Perché si muore?»
«Per diventare angeli.»

Quella storia degli angeli era nuova, forse la mamma aveva detto la prima cosa che le era passata per la testa senza stare tanto a riflettere sulle conseguenze di un'affermazione così impegnativa, ma a me l'idea di stare sotto le ali di un'angelessa con la faccia della nonna non sembrava poi così male.

Non piansi.

Corsi in camera, tirai fuori la scatola dal nascondiglio e le mostrai la Polaroid della nuvola, la prima della raccolta. In quell'istante mi tornò in mente la sua voce che diceva: «Ricordati, Olivia, che non voglio il necrologio». I miei genitori lo fecero ugualmente – come scoprii solo anni dopo sistemando l'appartamento dove, chissà perché, lo avevano conservato insieme ai telegrammi scritti da un sacco di gente che amava la nonna e che non conoscevo –, ma quando chiesi il permesso di non vederla lunga distesa nella bara, stecchita e fredda come la pietra, il privilegio mi venne accordato con un certo sollievo. Giurai a me stessa che da grande avrei lasciato disposizioni scritte e che non avrei mai avuto un funerale.

«Papà» dissi al cimitero, «quando morirò spillami verso il cielo. C'è più spazio e anche il buio più buio non sarà mai buio come là sotto.»

Lui rispose in modo sbrigativo e senza addolcirmi la pillola, liquidandomi con una carezza sulla testa e un «Non è il momento di pensare a queste cose adesso, tesoro». In quel candore di neve, che opprimeva gli alberi come se fossimo finiti tutti dentro un incantesimo, a me invece pareva il momento ideale per riflettere sul mio futuro da morta. Poi non sapevo chi fossero i vicini di tomba della nonna, pensai che quei morti sconosciuti magari non stavano bene insieme. Avrei avuto tutto il tempo di fare un giretto e leggere i loro nomi. Gli adulti erano talmente assorti a guardare in basso che si scordarono del cielo: «È lassù, papà, me lo ha detto lei». Inutile.

In certe circostanze i bambini non contano niente.

La notte dopo il funerale mi alzai e mi acquattai con l'orecchio fuori dalla porta della camera da letto di mamma e papà. Lei piangeva. Come una figlia, però, non come una mamma. Così corsi in cucina e scattai una foto alla seggiola sulla quale nonna mi leggeva le sue lettere e faceva le parole crociate. L'immagine scivolò dalla fessura portando via con sé la mia infanzia, ma non i biglietti nel vaso, il gioco della felicità, l'abbraccia-alberi e i *Sonetti* di Shakespeare.

Aspettai qualche minuto senza scuoterla.

La Polaroid, che adesso è nel mazzetto *Scomparsi*, uscì in bianco e nero.

Come se anche lei non avesse più voglia di colori.

Continua a nevicare. Vedo una signora che rischia una collisione contro uno spazzaneve che ingombra il marciapiedi. L'uomo al volante sporge la testa dal finestrino come una tartaruga e le dà la precedenza, confermando con un cavalleresco gesto della mano la mia teoria: sissignori, la neve non addolcisce solo il paesaggio, ma anche il cuore degli uomini e sembra renderci tutti più docili, educati e cortesi. L'efficiente Manuel è qui con lo strofinaccio in mano e saluta un tizio che ci sta raggiungendo.

«Salve Tobia, tutto bene? Ti servo subito.»

«Tutto bene sì» risponde lui che, con tutti i tavoli liberi che ci sono, si fionda verso quello ancora da sparecchiare, tira fuori un blocco da una sacca di tela e, senza nemmeno togliersi il giaccone, fissa davanti a sé con aria concentrata. Manuel toglie le tazze sporche, mi si avvicina con deferenza e mi illumina a voce bassa.

«È un tipo abitudinario. Considera quel tavolo un po' come fosse suo. Viene qui un paio di giorni alla settimana, ordina un sandwich prosciutto e maionese e sei, sette tazze di caffè ben zuccherato. Dice che lo zucchero gli scatena una montagna di idee che scrive sul blocco. Qualche volta finge di dimenticare la penna, ma io ne ho sempre una a portata di mano. E lei, signorina? Vedo che anche lei scrive... vuole che le porti altro?»

«Sei-sette tazze tutte insieme?»

«No no, sette tazze in tutto: ha l'abbonamento settimanale. È una persona simpatica e il padrone non se la prende quando si trattiene qui per ore. Diciamo che è un mio... *protégé.*»

"*Protégé*": dice proprio così, bisbigliando una parola che ormai usiamo noi pochi nostalgici.

«Oh, non sono una scrittrice... qualcosa di simile, però. E... sì, magari prenderei un'altra cioccolata, stavolta liscia. Grazie.»

Male che vada divento una *protégée* anch'io.

"Qualcosa di simile" rende l'idea di quanto fosse vago il mio lavoro. Per non sentirmi da meno dell'illustre vicino, alle 11.58 a.m. e dopo avere appena virtualmente speso altri 3 euro, riprendo in mano il mio CV.

ISTRUZIONE E FORMAZIONE

Quando qualche adulto, strizzandomi la guancia con un pizzicotto, chiedeva "Cosa vuole fare da grande questa bambina?", non sapevo mai bene cosa rispondere. Così, inventavo: la ballerina di danza classica, l'infermiera, la parrucchiera, la maestra d'asilo, l'archeologa oppure la saldatrice col cuore grande così di *Flashdance*. Forse i miei genitori avrebbero preferito che rispondessi "ingegnere sulle piattaforme", "chimico" o che diventassi dottore come loro, ma, fermi nella convinzione che i bambini devono sentirsi liberi di esprimere le loro inclinazioni, non interferivano. Loro, nati nel 1951 a due giorni di distanza l'uno dall'altra, lavorano entrambi all'ospedale pubblico e non potrebbero essere più diversi. Mamma è ginecologa, tre pomeriggi alla settimana visita in un consultorio e ha fondato un centro per ragazze madri dove fa la volontaria. È una donna forte, orgogliosamente incompatibile con tutto ciò che rimanda alla parola "ordine", cucina piatti semplici e insapori, per tutti i compleanni della mia infanzia mi ha vietato di avere un cane e non mi ha mai aiutato a fare i compiti. Per il resto, è una mamma perfetta. Intellettuale rigorosa, da quando le è capitata la disgrazia ha un'insana predilezione per le serie tivù interpretate da signore di successo, uomini superficiali e capricciosi, matrimoni complicati, madri dolcissime, padri carogne e naturalmente figli incasinati con problemi di relazione. Dice che vedere chi sta peggio di lei la rilassa.

Papà è cardiologo e colleziona stampe e quadri a soggetto unico: il cuore.

Da studenti i miei genitori erano convinti di fare la rivoluzione, non so quanto ci siano riusciti, ma un rapido conto rende verosimile la leggenda che circola intorno alla mia venuta al mondo: il giorno della laurea hanno festeggiato ed ebbri di alcol, e forse anche di altro, mi hanno concepita. A quei tempi papà era bellissimo, portava i capelli raccolti in una coda di cavallo ed era determinato a condurre una vita nel segno dell'intensità. Quando è in vena di confidenze e tralascia il rancore, mamma racconta che lui l'ha conquistata appunto per l'intensità, senza specificare in quale preciso ambito. Per sintetizzare, definirei la mia famiglia un caldo ritrovo di individui distratti, un intricato covo d'amore, solo di rado un nido di serpenti ignari di possedere un potenziale velenoso. In casa non c'è mai stato spazio per i sentimentalismi, ma, al netto dei canonici litigi generazionali, ci vogliamo un gran bene e continuiamo a volercene, anche oggi che mamma e papà hanno divorziato e io abito da sola nel modesto appartamento – un trilocale di cinquantotto metri quadri – che la nonna mi ha lasciato in eredità con una commovente lettera indirizzata alla mamma.

Nonna, grazie.

È stato un grande amore il loro, nato nell'ufficio matricole dell'università e morto sette anni fa, quando girava voce che mamma avrebbe potuto essere promossa primario e papà, non so se per competizione o per pura casualità, ha dato fuori di matto, a dimostrazione che l'eccesso di parità tra un uomo e una donna, sbandierato come una fondamentale conquista dalla loro generazione, ha diverse controindicazioni.

Successe che, in un impeto di urgenza inconscia, papà dimenticò la sua agenda squadernata sulla panca d'ingresso. Niente di strano, salvo il fatto che alla pagina del 14 febbraio era segnato un appuntamento in rosso: "tesi di Alma". Tre parole dal tono troppo confidenziale anche per un professore-cardiologo disponibile con gli studenti come lui, e poi quel colore! Gli altri appuntamenti erano scritti in blu e questo acuì sospetti e dolori. La data fu la goccia che fece traboccare il vaso. Una beffa agli occhi della mamma che, nonostante i proclami, non aveva mai ceduto alle sirene dell'amore libero, era donna di fedeltà granitica e naturalmente detestava la festa di San Valentino. Dopo tormentate discussioni di autocoscienza, qualche recriminazione e parecchi pianti tra lo sgomento degli amici che avevano sempre guardato a loro come a una coppia perfetta e indistruttibile, decisero di separarsi. Mi invitarono a cena, in due diverse sessioni ma, a conferma della loro indissolubilità, nello stesso ristorante.

Papà ammise: aveva una storia con una studentessa. Ovviamente ne ero già stata informata dalla mamma con parole diverse e con toni meno indulgenti. Eccitato come un adolescente, ripeteva che non mi stava abbandonando, che nulla sarebbe cambiato tra noi, che ero la sua *bambina*, che per me lui ci sarebbe stato sempre, che non dovevo giudicarlo ma capirlo e bla, bla, bla. Mio padre si era innamorato di una donna diversa dalla mamma. E per seguire quel nuovo sé non riusciva a inventare niente di più creativo che spezzare una famiglia.

Non comprendevo l'urgenza di buttarsi a capofitto in quell'avventura e non ce lo vedevo a spasimare per una che aveva un sacco di anni meno di lui ma, poiché è impossibile non provare tenerezza per il proprio genitore quando blatera come un quattordicenne, non riuscii a "uccidere" così, su due piedi, un padre tanto simpatico.

«Papà, non so cosa dire.»

Tranne: «Come puoi fare questo alla mamma?».

Cosa si aspettava che gli dicessi?

Magari un "Papà, capisco".

Non capivo, invece, come poteva lasciarsi alle spalle la sicurezza di un matrimonio fatto di complicità per rischiare con una così giovane. E poi che incoscienza! Qualcuno prima o poi dovrà avvertire la signorina rubamariti che dovrà occuparsi di lui quando sarà vecchio e lei ancora pimpante.

«Papà, non so proprio cosa dire.»

La rabbia nei suoi confronti è montata dopo mesi, insieme a un inedito sentimento di complicità con la mamma, che avevo sempre visto come un'erinni sicura di sé. Dalla separazione, pur rimanendo allergica a ogni degenerazione di enfasi emotiva, aveva cominciato a rifugiarsi in un mondo sempre più piccolo. Non era tipo da smancerie, anzi, era piuttosto sbrigativa e frugale, e ogni volta che le capitava di avvicinarsi a qualcosa di appena prossimo alla commozione tirava via con un "Va be', via, su, su...".

«Il cuore è un organo come un altro» ripeteva.

E l'organo che sopporta la solitudine, allora, qual è? E se qualcuno te lo dissangua come fai? Il mio, di cuore, si strizzò come una spugna quando, una sera, la sorpresi seduta sul divano, le braccia intorno alle gambe, la testa appoggiata alle ginocchia, ingobbita come una vecchia mentre fissava lo schermo del televisore.

Spento.

Quando si accorse di me, si animò all'improvviso e si mise a sistemare la stanza. Già ordinata e pulitissima. Da sempre la mamma trovava sollievo nel lavoro manuale, ma quella scena, nell'appartamento che papà aveva già svuotato di ogni traccia di sé, stampe di cuori comprese, mi impressionò. Avevo davanti una mamma di vetro che avrebbe potuto frantumarsi da un momento all'altro, non la mamma dottoressa Pincopallo con cui avevo trascorso anni fantastici.

«Mamma, passerà.»

«Mamma, vorrei tanto fare qualcosa per te.»

Lei sospirò e disse con un filo di voce: «Sono solo stanchissima, Olivia. Mi sembra che sarò stanca per il resto della mia vita». Non sapendo cosa replicare, magari con un commento saggio o a effetto, avevo tirato fuori un argomento sicuro: «Parlami della nonna». Tornare bambina, o raccontarmi le storie miracolose di quando aiutava le pazienti a terminare la gravidanza anche nei casi in cui sembrava un'impresa impossibile, la distraeva da quel macigno dentro il petto. Al di là di quegli sporadici momenti, mamma non si confidava con me e dunque non saprò mai fino in fondo la verità sul fallimento del loro matrimonio, anche se il divorzio si svolse nella massima civiltà, con un unico aneddoto che rende bene l'idea del loro legame interiore: entrambi si presentarono in tribunale con un mazzo di fiori e se li offrirono reciprocamente davanti al giudice che, allibito da tanta carineria, chiese loro se erano davvero sicuri della decisione. Sì, erano certi della loro scelta, ma erano rimasti quelli di sempre: solidali e romantici.

Lui rose gialle.

Lei margherite.

È che non puoi schierarti, perché non è che uno ha ragione e l'altra ha torto; c'è solo uno dei due che ha smesso di amare. Il "non ti amo più" è una sentenza che non prevede appello a qualsiasi età e davanti a qualsiasi giudice terreno. Di fronte a tanta sincerità non hai argomenti, ti inchini al mistero e cerchi di sopravvivere.

Io li amo a pari merito, mi hanno cresciuta all'insegna del "vietato vietare" e, forse a causa dell'eccesso di libertà di cui spesso non so approfittare, mi sono assegnata da sola un'infinità di norme, che non sempre riesco a rispettare.

A chiedere "Cosa vuole fare da grande questa bambina?" era soprattutto zia Emma. A volte per spiazzarla buttavo lì un "la suora", ma non riuscivo a recitare seriamente la parte della ragazzina che stava davvero pensando a una vita monastica, scoppiavo a ridere e lei sembrava sollevata. Tanti adulti senza memoria dimenticano l'ovvietà, e cioè che a tutti capita di pensare che un convento sia il posto più comodo per salvarsi dalle paure della vita vera. Comunque, scansare i loro "Cosa vuole fare da grande questa bambina?" era un'impresa e chissà se oserebbero farla di questi tempi a una decenne, correndo il rischio di sentirsi rispondere: "la precaria", "la disoccupata", "l'interinale" o forse, annientando tutte le loro aspirazioni, "la moglie". In realtà nemmeno adesso che ho davanti uno sconfinato oceano di possibilità, saprei dire cosa *esattamente* vorrei fare da grande. Non ho mai avuto una vocazione precisa, né mi immaginavo nei panni di qualcuno in particolare, quindi, per quella pigrizia scambiata per duttile predisposizione caratteriale, dopo le scuole medie non ho fatto tante storie quando i miei genitori hanno deciso per me. Loro erano convinti che quelli che fanno il liceo classico sono i migliori. Se avesse potuto partecipare al dibattito, la nonna avrebbe consigliato il liceo linguistico, «ché con le lingue straniere si va dappertutto a testa alta», ma non si preoccupò di mandare messaggi particolari in proposito perché era tutto più o meno stabilito: dopo il liceo si andava all'università e dopo l'università si trovava lavoro, e molti lavoravano anche mentre frequentavano i corsi. La parola "lavoro", insomma, era ordinaria e non un'eccezione, sinonimo di un colpo di fortuna o, peggio, una chimera. Ma nel timore inconscio di deludere le aspettative della nonna imparavo le lingue con le audiocassette allegate ai giornali di papà.

Se si esclude un'istintiva repulsione per la matematica e la fisica, al classico me la cavavo alla grande. Ero capitata nell'unica sezione femminile che, dopo un iniziale sgomento, si rivelò il ghetto di un'élite di intoccabili. Non ero una studentessa modello, ma stavo attenta in classe. Ero ammalata di parole: leggevo di tutto e dappertutto, ritagliavo le riviste della mamma e i quotidiani che mio padre mi passava (guai a sfogliare un giornale prima di lui o mettersi a leggere appollaiati dietro le sue spalle!), divoravo romanzi e dépliant e adoravo persino cimentarmi con i bugiardini dei medicinali. I miei libri preferiti erano gli epistolari delle persone famose; *Piccole donne* e *Piccole donne crescono* furono i miei romanzi di formazione. Aspiravo a diventare come Jo, indipendente e sicura avrei trovato anch'io il mio Professor Bhaer e, dopo essermi presa tutte le soddisfazioni professionali possibili, avrei messo al mondo due bambini.

Non è ancora successo niente di tutto questo, ma Jo resta la mia beniamina. Alle sorelle March ho dedicato la mia tesina di maturità, nell'anno dell'amore cieco.

Hemingway-Tobia continua a scrivere sul blocco. Divora il suo sandwich prosciutto e maionese. Lo guardo, mi omaggia di un delicato sorriso di circostanza e mi verrebbe da chiedergli se ha mai letto *Piccole donne*. E se secondo lui quella carogna della Witch mi avrebbe licenziata lo stesso se avessi inserito nel CV la data della mia prima volta.

Se si escludono i compagni dell'asilo, dei quali ho dimenticato i nomi e le facce, David detto il Banana e Rodolphe (un amorino francese che somigliava a Tin Tin conosciuto in una delle estati a Brighton dove i miei dilapidavano denaro nell'intento di perfezionare la mia pronuncia) classificabili alla voce "senza futuro", Sebastian, detto Seba, fu il mio primo, vero amore: cieco e vergine.

Da marzo a dicembre ho visto per due.

A diciotto anni non ero quella che si definisce una ragazza sicura di sé, mi vedevo come uno sgangherato compromesso tra alta e bassa, con gambe lunghe e ginocchia ossute che spuntavano come bitorzoli, due nocciole di seno, piedi troppo magri. Il mio punto di forza erano i capelli, castano chiaro e folti da quando finalmente – abolite le trecce e le frangette da frate, tramontati gli chignon del periodo Degas, sopportate per anni esortazioni del tipo "legali in una coda che ti cadono nel piatto" – avevo potuto gestirli da sola. Con tutto il resto del mio corpo avevo una relazione approssimativa, lo sentivo scollegato da quella che nonna chiamava "la cassaforte": il cuore.

Quello che contava, per lei, era il battito del cuore.

Ci appoggiava la mano sopra e mi insegnava ad ascoltarlo. Ogni volta il battito aveva un suono diverso e, quando lo sentivo chiuso tra le sbarre di una gabbia o me lo immaginavo soffocato dietro il vetro di una serra, lo massaggiavo con piccoli cerchi e le sbarre magicamente si allargavano, chiudevo gli occhi e sotto le mie palpebre batteva di nuovo un cuore rosso fiammante.

Quello che Sebastian è stato per me è difficile da riassumere persino nel CV ideale.

La nostra insegnante di musica, una pianista cieca ("ipovedente", bisognava dire), ci portava a leggere le fiabe agli orfani dell'Istituto per i ciechi, un palazzone grigio plastilina circondato da aiuole di pitosforo dove nei mesi caldi gli studenti piantavano gerani rossi e rosa, quasi ci vedessero benissimo. Sebastian stava su una panchina di pietra vicino ai cespugli, con una zazzera arruffata biondo cenere e occhiali scuri dalla montatura troppo grande. Fingevamo di ignorarlo perché quel corpo lungo e magrissimo seduto dritto e impalato metteva addosso brividi di soggezione persino a noi, le spavalde crocerossine della sezione B. Un pomeriggio – ero rimasta a scuola per rimediare a un'umiliante insufficienza in matematica – me lo sono trovato davanti alla classe, appoggiato alla cornice della porta, con l'aria di chi si è smarrito. Nella mano destra stringeva un bastoncino bianco a cannocchiale, flessuoso come quello di Charlot, la sinistra la teneva in tasca.

Io: «Ehi, che ci fai qui? Ti sei perso? Posso aiutarti?».

Lui: «Stai studiando?».

Da quel giorno, ha cominciato ad aspettarmi fuori dal cancello della scuola.

Lui: «Ti accompagno a casa».

Io: «Possiamo studiare insieme, se ti va».

Una settimana dopo il nostro incontro, a furia di accompagnarci dalla scuola a casa mia e da casa mia all'Istituto, ci fermammo sotto il portone per una chiacchierata finale. Sebastian stava per entrare roteando il suo bastone come a tentare di aprire un ombrello difettoso, ma all'improvviso cambiò idea e si fermò come chi ha dimenticato qualcosa e di colpo si ricorda cosa. Si avvicinò, allungò la mano a pochi centimetri dal mio viso e cominciò a muoverla lentamente dall'alto verso il basso e dal basso verso l'alto, un pittore che prendeva le misure alla tela. Era il 21 marzo. Il primo giorno di una primavera che sembrava non voler abbandonare l'inverno, o forse era l'inverno a non voler fare posto a lei, perché l'aria era ancora fredda.

Quel giorno mi innamorai, per la prima volta.

«Ti ascolto» diceva. Qualsiasi cosa dicessi.

Mi accompagnava alle lezioni di danza jazz.

Lo accompagnavo a pianoforte.

Lo aiutavo a studiare: voleva iscriversi a lingue, come me.

«Farò l'interprete al Palazzo di Vetro dell'ONU» ripeteva. Parlava inglese, francese, tedesco ma imparare i suoni sembrava non bastargli mai.

Mi ha presentato i suoi amici dell'Istituto.

Mi raccontava dei suoi genitori, morti prima che lui li conoscesse, e dell'eredità che gli avevano lasciato.

Gli ho presentato i miei.

Sebastian ascoltava i miei sogni e la mia musica: *Don't Cry* dei Guns N' Roses, *Losing My Religion* dei REM, *Talkin' 'bout a Revolution* di Tracy Chapman, *Twist in My Sobriety* di Tanita Tikaram, *Until the End of the World* degli U2.

Io ascoltavo la sua: Brahms, Beethoven, Bernstein, Béla Bartók, la *Carmen* di Bizet, la *Sinfonia fantastica* di Berlioz. Solo Bach lo innervosiva.

Mi regalò un walkman.

Gli regalai un cuscino sul quale era stampata la mia faccia.

I nostri giorni passavano felici e tutti uguali, come quei filari di pioppi in una strada di campagna della quale non vedi la fine.

Tutto era facile.

Nuovo.

E unico.

Andavamo al cinema, a nuotare nella piscina sotto casa. I miei, che guardavano a quell'amore con un misto di terrore e democratico entusiasmo, ci portavano al mare.

Ridevamo tanto.

Io mi commuovevo troppo.

In camera mia, sdraiati sul grande materassino che tenevo arrotolato sotto il letto, giocavamo a "silenzio". Perdeva il primo che lo interrompeva, perdeva quello che si faceva prendere dalla paura. Mi piaceva immergermi nel buio e raggiungerlo nell'abisso di ciò che lui definiva "un privilegio". «La privazione della vista può diventare uno stimolo a potenziare ciò che abbiamo a disposizione» diceva, ma quello che mi piaceva del gioco era la possibilità di avvicinarmi al suo mistero.

Non avevo mai fatto l'amore prima, ma un giorno di pioggia ci trovammo vicini, sempre più vicini e lui mi abbracciò stretta, strettissima, sul divano arancio del salotto.

Eravamo fusi in un indivisibile essere umano.

Poi, all'improvviso, un giorno di dicembre tutto gelò.

Fu la mattina della versione di greco col cappotto addosso, una mattina indimenticabile. Deborah, la bidella che raccoglieva le nostre confidenze come una specie di madre generosa e pettegola, mi invitò nel suo stanzino dove su un rudimentale fornello da campo gorgogliava una moka. Mi allungò uno dei suoi biscotti e con voce materna mi disse, a bruciapelo, che Sebastian aveva lasciato l'Istituto dei ciechi.

Il mio cuore sprofondò e si schiantò a terra.

BUM.

Non le chiesi come facesse a saperlo, né dove fosse andato Sebastian. Devo andare a fotografare la panchina, pensai, mentre la voce del preside rimbombava nei corridoi annunciando che, a causa della rottura della caldaia, per quel giorno le lezioni erano sospese.

Lui

Sono passate da poco le nove.

Diego è in anticipo, non gli dispiace starsene seduto nel tepore di quella lussuosa pasticceria stranamente disabitata. Che bel modo di iniziare una giornata senza i casini dello studio, pensa, appoggiando la schiena alla spalliera della sedia e fissando il cameriere in guanti bianchi che sembra tenerlo d'occhio in attesa di un suo cenno. Schiena eretta e sguardo insistente. «Sacher o crostata? Spremuta d'arancia? Croissant?»

«Un caffè, grazie.»

Erano successe un sacco di cose negli ultimi mesi e non vedeva l'ora di parlarne a Enrico. Per lui, che cercava fratelli ovunque, era il fratello che tutti avrebbero potuto invidiargli, l'unico amico con cui si confidava da quando erano compagni di banco al liceo. Erano stati cinque anni di complicità. Di un'intimità cresciuta lentamente, con quel genere di confessioni che alle donne riescono benissimo e nelle quali lui era un imbranato cronico. Poi hanno imboccato strade diverse, Enrico compra società decotte, le rimette in sesto e dopo un po' le rivende. Contrariamente a Diego, ha fatto un mucchio di soldi ma non ha messo su arie e la sintonia dei vecchi tempi è rimasta nei loro cuori miracolosamente conservata. Quella mattina, poi, la neve aveva dato il colpo di grazia. Anche lo scenario era perfetto. Inaspettato, come tutti i doni degni di questo nome.

La neve, Enrico e il suono della campanella di una scuola lì accanto.

Drrrriiiiiiiiiiiiiiiiiiiiiiiiiiiiiiiiiiiiiiiiiiin. Drrrriiiiiiiiiiiiiiiiiiii.

Quanto tempo era passato da quella mattina di dicembre, quando aveva trovato il coraggio di rivelare a Enrico il suo segreto? Quindici anni. Quindici anni e una manciata di giorni.

Drrrriiiiiiiiiiiiiiiiiiiiiiiiiiiiiiiiiiiiiiiiiiin. Drrrriiiiiiiiiiiiiiiiiiii.

Il ricordo di quell'altra campanella, che suonava forte e viva nella sua memoria, spense l'acuto lungo che ancora vibrava nell'aria.

Sparata a tutto volume dall'altoparlante, la voce del preside era stata accolta con boati da stadio. La caldaia della scuola si era rotta e, dopo due ore al gelo, le lezioni erano state sospese. Diego era uscito dall'aula scansando la marea svolazzante di giubbotti e sciarpe e si era appoggiato al muro, incerto se accettare l'invito per la partitella di biliardo al bar o inventarsi così su due piedi una scusa con i compagni di classe. Il linoleum azzurro carta da zucchero, stinto dal disinfettante e massacrato dalle suole di generazioni di studenti, era un melting pot di striature nere, avvallamenti, buchi di sigarette, incisioni di lame di coltellini; sui muri, due vecchi planisferi dai colori tenui appiccicati con lo scotch. I corridoi dei licei si somigliano tutti, alberi genealogici di demenza adolescenziale. Su quelle mura scrostate potevi leggerci un mucchio di storie, riascoltarci una colonna sonora che mischiava dialoghi, formule di chimica e matematica e sonetti e turpiloqui, fischi, imprecazioni e speranze.

La vita, in qualche modo.

Visto dai finestroni, il cielo era un'uniforme lastra blu, striata dal vapore acqueo della scia di condensazione di un jet. Il suo graffio bianco si allargò come una lama mentre Diego cedeva il passo alle puledre della terza B che avanzavano oscillando sui tacchi. Dal gabbiotto di Deborah, la Bidella Capo, arrivava fin dentro le narici un aroma dolciastro di caffè e torrone. Diego era passato a mendicarle un biscotto e, dopo averlo ottenuto insieme al solito incoraggiante sorriso, si era avviato verso il portone.

Aveva parecchie ore da riempire. Non le avrebbe passate con una stecca da biliardo in mano, «No grazie, sarà per la prossima». Non era tipo da branco, ma nemmeno un asociale, rimaneva ai margini quanto bastava per non annegare nella rumorosa goliardia del gruppo. Solo quando riusciva a ritagliarsi degli spazi di silenzio, recuperava una certa stabilità. Di lui si diceva: «È un ragazzo riflessivo, studia il giusto e si esprime con eloquio corretto». Bah, lui si considerava un allievo indifferente e più ansioso di quanto lasciasse trasparire, ma l'immagine dello studente timido – oh, quanto era difficile spiegare la timidezza! – che non crea problemi era lo stato di perfezione a cui ambiva.

Ai colloqui con i docenti andava sua madre. La cura maniacale con cui si preparava a quelle periodiche consultazioni lo irritava: si metteva una specie di divisa, con la gonna che copriva le ginocchia, i collant chiari da novizia e un golfino dolcevita a maniche corte sul quale indossava giacche tutte uguali che cambiavano colore a seconda delle stagioni. L'unica nota che apprezzava era il doppio filo di perle intorno al collo, le piccole sfere che da bambino gli piaceva roteare tra le dita prima di addormentarsi. Sua madre non si truccava, se si esclude un leggero rossetto rosa. Aveva l'aspetto di una donna raffinata, ma si trascinava addosso una vischiosa apprensione e questo lo metteva a disagio, sicuro che l'avrebbero notata anche i professori. La cosa più fastidiosa erano comunque i capelli, così bianchi la facevano sembrare una vecchia.

«A volte si incanta durante le lezioni, ma è un bravissimo ragazzo, signora, più maturo della sua età, può esserne fiera e stare tranquilla.» La rassicuravano e lei pareva felice di credere alle loro parole. Una volta che la porta della sala ricevimento parenti era rimasta socchiusa, Diego si era nascosto dietro il battente a spiare una conversazione tra lei e quello di filosofia. Li vedeva di profilo, in piedi uno di fronte all'altra. Lei impugnava il bordo del tavolo come fosse il timone di una barca e lo ascoltava annuendo, il corpo rigido da sentinella in garitta, però mano a mano che il dialogo proseguiva inanellando banalità (cosa *definiva* un bravissimo ragazzo? E poi, bravo a fare che?), Diego aveva notato che i muscoli del viso le si erano distesi e la ruga verticale, una ferita innocente al centro della fronte, sembrava rimarginarsi di parola in parola, lenita dalla sentenza che il professore emetteva. Composta come un'alunna anziana, si limitava ad annuire senza replicare né fare domande. Era il corpo, scioltosi in una postura fiduciosa, a parlare per lei. Sua madre del resto era in grado di sopportare un ventaglio limitato di emozioni, i misteri della mente la agitavano, perciò sentire l'insegnante che descriveva suo figlio come un "bravissimo ragazzo" al riparo da ogni scossa la tranquillizzava. La sera, a tavola, mentre serviva la cena, informava il marito dell'esito di quei cerimoniali.

«I professori dicono che è intelligente, il nostro figliolo diventerà qualcuno.»

Diego era il figlio arrivato a poche settimane dal suo quarantesimo compleanno, il 9 dicembre 1976, salutato come un accadimento miracoloso, un "frutto del caso", concepito per distrazione o forse in una notte d'amore disperato, oppure, come si affrettarono a sentenziare parenti e amici dopo la Disgrazia, un provvidenziale dono del Signore. La sua vita di bambino casuale era scivolata liscia fino al dicembre di sei anni dopo tra la madre, casalinga con una laurea in giurisprudenza nel cassetto, e il padre, avvocato di poche parole. Poi era successo quello che era successo e il peso specifico del secondogenito, nato da genitori troppo vecchi per ricordare i furori dell'amore, era aumentato. Divenne bambino prezioso, da bambino *prima che succedesse tutto* a bambino *dopo tutto quello che era successo.*

Il Diego di prima non era il Diego di dopo.

Era lui quello che li avrebbe messi in salvo.

Così, quando arrivò il momento di scegliere l'università, Diego rinunciò ai suoi sogni cercando un compromesso tra una strada già tracciata dall'orgoglio paterno («Farai pratica da me dopo la laurea, figliolo») e i professori che gli consigliavano di iscriversi a economia. In realtà l'unica materia che lo appassionava davvero era la fisica. Fare il ricercatore avrebbe assecondato il suo costante bisogno di esplorare, gli piaceva immaginarsi intento a contemplare per ore una formula o cercare di capire perché lo incantava una piuma mentre cadeva. Aveva confidato quei progetti a Enrico, l'unico della classe – se si escludeva il fatto che consegnava le verifiche a tempo record mentre lui era ancora lì a succhiare la penna – con il quale condivideva gusti e difetti: nessuno dei due aveva avuto risultati particolarmente brillanti con le ragazze, entrambi erano poco competitivi, non seguivano il campionato di calcio e adoravano Bach. il Grande Geometra.

Quella mattina, prima che l'impianto di riscaldamento cambiasse la scaletta della sua giornata, Diego si era illuso che la neve lo avrebbe graziato di uno dei suoi déjà vu. Li collezionava come figurine da quando – più o meno verso i quattordici anni – si era accorto di provare spesso la sensazione di vivere qualcosa di già vissuto e aveva cominciato ad appuntarsi quelle impronte di un altrove su un quaderno dalla copertina rossa. L'idea di essere immerso in un gigantesco schedario da cui il caso pescava avvenimenti, sensazioni e odori che si ripresentavano nei momenti più inattesi gli piaceva un sacco. Sapeva che il dono della neve e l'atteso déjà vu quella mattina non sarebbero dipesi dal caso, ma dalla temperatura (tra -1° e +1°) e dalla dolce disponibilità del vapore acqueo nei suoi confronti. Anche "disponibilità" era una parola che gli piaceva: segnava le parole preferite nel suo quadernetto da tasca. Era arrivato a collezionarne a migliaia, ogni tanto ne rileggeva una e si stupiva di come una parola, che magari anni prima aveva un suono armonioso, a distanza di tempo non lo consolasse o non lo divertisse più, come se quella segnaletica personale indicasse che qualcosa in lui si era trasformato e che, anche quando gli sembrava di essere sempre fermo nello stesso punto, stava andando da qualche altra parte. A volte le riscopriva, un po' come quei libri che hai letto da ragazzo e non ci hai capito niente. Ti ricapitano in mano sistemando uno scaffale o per l'interferenza di un trasloco, ne rileggi qualche pagina e te ne innamori senza riserve. La memoria disturbava Diego soltanto quando era imprecisa, ma quel giorno il cielo era limpido e i ricordi filavano via lisci. Si era svegliato con l'idea della neve in testa e aveva acceso il canale meteo. Non badava quasi mai alle condizioni del tempo, ma quello era il giorno delle assegnazioni delle borse di studio intitolate a suo fratello.

Della sua classe aveva invitato solo Enrico. Lui sapeva che di quella vecchia storia non gli andava di parlare e non era certo il tipo da commenti fuori luogo. «Ci vediamo là» aveva detto come se fosse la cosa più normale del mondo.

A dodici anni esatti dalla Disgrazia, per qualcuno un innaturale Incidente, Diego avrebbe consegnato le borse di studio a cinque giovani musicisti che si erano distinti per impegno, talento, capacità di esecuzione. Aveva impiegato settimane a convincere i suoi che sarebbe stato meglio organizzare una cerimonia diversa dalla solita, paludata manfrina che comprendeva: l'esecuzione dei vincitori, la consegna delle pergamene, il discorsetto del presidente della giuria. Qualche nota di buona musica, coscienze tacitate, un filo di commozione, applausi ai munifici genitori del defunto e tanti saluti a tutti. Il direttore del Conservatorio aveva collaborato a rintracciare i compagni di suo fratello, ormai professori in diverse orchestre, che avevano, a sentir lui, «aderito all'invito con generosità». Diego si augurava che suonassero Bach, magari il *Preludio in do minore* dal *Clavicembalo ben temperato* o l'*Et Misericordia* dal *Magnificat*, ma aveva evitato richieste troppo precise. I musicisti sono suscettibili e lui era un dilettante che la musica la ascoltava e basta.

Per liberare la Disgrazia dal recinto di ipocrisia nel quale i parenti e gli amici dei genitori l'avevano rinchiusa, aveva riservato a se stesso il finale. Registrato. Per lui non era stata una disgrazia, ma una linea sbagliata nella geometria della casualità. Troppo pericoloso, però, scardinare le sicurezze dei suoi: quando accadde il loro mondo si fermò, la terra smise di girare e i capelli di sua madre diventarono boccoli bianchi come soffioni.

Se guardi la neve che scende a coprire la terra,
coprire se stessa e tutto ciò che tu non sei, vedrai
che è la deriva gravitazionale della luce
sul rumore dell'aria che cancella l'aria,
è il cadere dell'attimo nell'attimo, la sepoltura
del sonno, il piumino dell'inverno, il negativo della notte.

Come gli piacevano quei versi trovati per caso in un libro caduto a terra in biblioteca! Aveva lasciato il volume a Deborah, ma prima aveva copiato le strofe della neve sul quaderno delle parole.

Mentre imboccava il viale che conduceva alla chiesa, era inciampato in due bambini. Avranno avuto sei, sette anni, si tenevano per mano; il bambino, dondolandosi avanti e indietro, interrompeva la bambina che fingeva di voler camminare, le sfiorava la bocca con un bacio veloce e le accarezzava le guance. Serissimo. Lei, un bel tipo di qualche centimetro più alta, compiaciuta nel suo cappottino con il colletto di velluto blu e con espressione altezzosa, pareva gradire. «Cos'hai da guardare? Facciamo lezione di abbracci» lo apostrofarono.

Invidiandoli un po', riprese a camminare.

Era in anticipo. Aveva tutto il tempo che gli serviva per controllare i dettagli: il quartino fatto stampare dalla tipografia, i fiori, i leggii e un microfono che sarebbe stato utile nella malaugurata ipotesi che a qualcuno fosse saltato in testa di prendere la parola.

Per dire cosa, poi? Erano passati troppi anni e di Andrea era già stato detto tutto nelle edizioni passate, quando le borse di studio vennero annunciate e qualche giornale locale aveva ripreso la notizia, pubblicando la solita vecchia foto del musicista "prematuramente scomparso".

Sul sagrato tre vecchi uscivano dalla messa.

Le facce soddisfatte, avanzavano con il passo sereno di chi aveva ritrovato una bella abitudine o qualcosa di cercato a lungo. Un giovane sacerdote in toga e con un basco messo di traverso sistemava le lettere bianche su un cartello nero appoggiato a un cavalletto:

Messa concerto in memoria di Andrea.

Non era la dicitura ortodossa per quei casi, ma sarebbe stato un concerto a tutti gli effetti e il vecchio parroco aveva anche acconsentito a far montare la pedana per i musicisti, i leggii e due amplificatori.

E a non scrivere il cognome sul cartello.

Andrea.

Bastavano quelle sei lettere a raccontare l'amore.

Il prete era un tipo alla buona, se non fosse sembrato irriverente Diego lo avrebbe definito un "bravo cristo", altruista anche con i fedeli più incostanti. Quando gli aveva spiegato il suo progetto, pareva soprattutto contento di incontrare una persona giovane: «Quest'anno ho celebrato ventotto funerali, quattordici matrimoni e appena diciassette battesimi: sono tutti vecchi ormai nel quartiere. È bello che tu faccia questo per i tuoi genitori». Evidentemente, lui non si sentiva della partita anche se viaggiava sull'ottantina. Viveva nella canonica di quella chiesa da decenni e conosceva bene sua madre, con la quale, dopo la funzione della domenica, si intratteneva in brevi conversazioni private. Tentava, o almeno così immaginava Diego, di offrire un senso all'accaduto, la istruiva sulle leggi del perdono e dell'indulgenza, sicuro che con il passare del tempo la Disgrazia avrebbe perso il carattere della rivelazione e addomesticato, come gocce di antidepressivo, il persistente bussare del dolore.

Il cielo stava cambiando corso.

L'azzurro di poco prima si era fatto saturo di luce grigia e gli pigiava sulle spalle come muffa sulla pietra. Eccolo, il déjà vu: quella coltre di nubi aveva la stessa sfumatura di quando lui era corso al citofono e, sollevandosi sulle punte dei piedi, aveva ascoltato il grido della portinaia che chiedeva, con voce spezzata, della tata. E poi la bocca di lei mentre lasciava penzolare la cornetta – perse tempo in una pausa troppo lunga, come se dovesse riflettere se mettersi a urlare o scoppiare in una risata aggressiva – e la foga con cui prese a stringerlo quasi soffocandolo e tutti quegli strilli a canone che si rincorrevano per le scale trasformando il condominio in una bizzarra voliera. Il piccolo Diego, che da quella grassona non voleva nemmeno essere sfiorato, si era divincolato scappando in camera. Nonostante fosse dicembre la finestra era aperta perché quella donna aveva la fissa di cambiare aria alle stanze, lui era influenzato, non lo avevano mandato a scuola e quando era corso di là e aveva guardato in alto l'aveva colpito il colore di quel grande cielo lassù, grigio come il coperchio di una pentola.

E in basso tutta quella gente genuflessa intorno all'immobile burattino d'ossa.

Fili recisi.

Diego era entrato dalla porta laterale della chiesa, si era bagnato la punta delle dita nell'acquasantiera e aveva accennato uno sbrigativo segno della croce. Le panche di legno erano allineate come i banchi della scuola. Le seggiole impagliate, gli inginocchiatoi, il confessionale, le statue dei santi ritte sui loro piedistalli sembravano dormire tra l'odore dell'incenso. In quella sorta di zona franca gli venne di rivolgere una preghiera alla santa patrona dei musicisti, Cecilia, che evidentemente quella mattina con Andrea si era distratta.

Non lo aveva protetto e neppure avvertito.

Il sacerdote col basco era rientrato in sagrestia, così il pellegrino Diego si era accomodato nella fila riservata alla famiglia come quell'altra volta, nel posto dove sua madre poche ore dopo avrebbe appoggiato il suo corpo magro, le mani pronte a tormentare il solito fazzoletto di pizzo, austera, con fierezza postuma per il figlio musicista che aveva gettato la sua melodia sulla neve, il 6 dicembre 1982.

I fiori, boccioli di rose bianche e bucaneve che aveva dovuto prenotare perché si vendevano col bulbo – «Sei sicuro di volere proprio questi? Non è facile trovarli, ti costeranno, ragazzo» –, erano nei vasi. Aveva messo da parte tutto il denaro che poteva per quei fiori che perforano la neve con garbo e si aprono solo la notte per il giardino di una camera da letto, come dice la leggenda. La pedana per i musicisti era drappeggiata con una stoffa color crema, i leggii sembravano alberelli spogli.

Ci sarebbe stata bene *4'33"* di John Cage lì dentro, quattro minuti e trentatré secondi durante i quali il pianista, in abito da concerto, non avrebbe toccato un tasto. Un'emozione intollerabile, per gli adulti, ascoltare il battito del proprio cuore, il tossicchiare dei vicini, gli scricchiolii delle sedie, l'impaccio dei ragazzi che – se li ricordava bene – davanti alla bara di uno come loro non sapevano come comportarsi.

E allora musica, Maestro!

Li avrebbe inchiodati alle loro responsabilità uditive con il finale. Dalle casse acustiche disposte ai lati dell'altare la preghiera laica dei REM avrebbe scosso le loro prevedibili coscienze.

When the day is long and the night, the night is yours alone
when you're sure you've had enough of this life, well hang on
don't let yourself go, everybody cries and everybody hurts
[sometimes
sometimes everything is wrong, now it's time to sing along
when your day is night alone (hold on, hold on)
if you feel like letting go (hold on)
when you think you've had too much of this life, well hang on.

Andrea, a due giorni dal mio diciottesimo compleanno, questo concerto è il mio regalo per te.

Le 12.17 p.m.

Le palle di Natale sono appese al lampadario come lepidotteri polverosi e sul davanzale si è ammassata un'intera famiglia di volatili che si contende il poco spazio a disposizione. Ho finito la seconda tazza di cioccolata, raccolgo i pensieri. La vita continua esattamente come se non fosse successo nulla di straordinario, il che sta a dimostrare la relatività delle mie piccole miserie. È che a volte passo così tanto tempo a cercare soluzioni a un problema che alla fine dimentico qual era il problema. Ozio in questa cittadella sospesa sul resto del mondo da poco più di due ore, ne mancano trentasei alla vigilia e dovrei rispondere a due chiamate e tre messaggi che giacciono ignorati sul display.

11:07 a.m.
Ciao, tutto bene?

11:34 a.m.
Avrei bisogno di parlarti. Chiamami.

12:03 p.m.
Hai il cellulare scarico?

Sono tutti di Sarah, la mia migliore amica, che di solito sa ogni cosa di me in tempo reale e in questo momento ha tutto quello che io non ho: la terza di reggiseno, un contratto a tempo indeterminato in una prestigiosa agenzia pubblicitaria, un marito ingegnere e un figlio che è passato dal biberon alla pappa senza fare drammi. Invidia? Non esattamente. Le voglio troppo bene e credo nel Destino, che si presenta quando gli garba seguendo regole invisibili, un po' come la legge di gravità, le previsioni del tempo e i Gratta e Vinci che tre vecchine, così esili da sembrare gemelle, e due vecchietti altrettanto minuti comprano a getto continuo al piano di sotto. Grattano, grattano, grattano e non vincono niente, ma sembrano divertirsi un mondo a dilapidare le loro pensioni. Beati loro che le hanno. A Sarah è riuscito in pochi mesi quello che io non ho nemmeno cominciato, forse perché lei – invece di aspettare che le cada nel piatto – lo aiuta, il Destino, e sa dargli una spintarella al momento giusto. Nel suo caso, quando la spintarella si è rivelata uno spintone, lei, solitamente riflessiva, non ha mercanteggiato.

Vicine di casa, compagne di banco alle elementari, alle medie, al liceo e all'università, Sarah e io non litighiamo mai. O nasci come lei o nasci come me, ma proprio per questo siamo inseparabili e ci capiamo al volo.

Quando i miei si separarono, mi si appiccicò come una conchiglia e si trasferì da me: «Non si sa mai, nel caso ti venisse una crisi sono già sul posto». La crisi acuta non venne, ma odiavo mio padre ogni volta che vedevo mia madre seduta sul bordo del divano ad abbracciarsi le ginocchia e a fissare il vuoto, e trovare Sarah al mio fianco nel letto quando mi svegliavo a qualsiasi ora della notte, o la sera sentire la casa profumata di una delle sue fantastiche zuppe, ha contribuito in modo determinante a farmi vivere la fidanzata di papà come una povera stronza e non come una rivale da sfidare a duello. Forse le piacerebbe questo piano nobile del bar tabacchi, che giudicherebbe un posto sciatto ma caldo come un pittoresco locale da fine settimana. Qui sopra, tutto sembra muoversi al rallentatore. Anche il mio cervello.

Sotto è un via vai di gente che evidentemente è convinta di trovarsi in una baita di montagna: non mi stupirei di veder entrare un san bernardo insieme ai clienti che sbattono i tacchi di scarpe e stivali e scuotono gli ombrelli sulle dune di segatura che Crapapelata ha appena cosparso sul pavimento.

Tobia si alza e fa per andarsene.

Ehi, hai preso solo due tazze di caffè, che succede? Ti manca l'ispirazione o sono io a disturbarti?

Manuel sta salendo. Piroetta agile come un funambolo sui gradini dietro un anziano signore che, dopo aver arrancato sulla scala, si affloscia sulla sedia mentre un bambino – a occhio il suo nipotino, a meno che non sia il frutto di un amore senile – con un mostro fosforescente in mano si intrufola sotto la mia sedia inciampando nel suo mantello da Cavaliere Jedi. I sacchetti della Bottega dei Giochi visibilmente zeppi di regali per lui – ma non credono più a Babbo Natale? – finiscono a pochi centimetri dalla mia scatola.

Il nonno-forse-padre, un bel tipo alto con un soprabito decisamente poco invernale e un cappello floscio sulla testa bianca, ordina con grazia: «Esci di lì», promettendo in cambio una cioccolata; poi, guardandomi: «Come la sua» mi dice. La mia tazza è già vuota, dunque devo supporre di avere la faccia di una che cerca consolazione nella cioccolata. Non oso tirar fuori lo specchio dalla borsa a causa del nonno gentile, che mi guarda con aria mite e chiede per sé un cappuccino e una fetta di torta alle carote.

Devo fargli pena.

«Non ne abbiamo, mi dispiace» risponde Manuel che, pronto, suggerisce una fetta di crostata ai mirtilli.

«Mmmh... crostata? Perfetto, ti piace la crostata amore? Dimmi amore, ti ascolto, cosa c'è amore?» E il bambino annuisce facendo la faccetta furba di chi ha già imparato a sfruttare a proprio vantaggio una fortunata coincidenza. L'irruente nipotino deve avergli regalato una seconda o terza vita, un trasloco dalla noiosa condizione di pensionato a quella gratificante di nonno a pieno servizio; l'osmosi tra loro è visibile dagli sguardi complici che li fanno sembrare felicemente rinchiusi in un mondo perfetto. Ah, quanto vorrei avere la nonna con me adesso! Ci serviremmo una tazza di tè e un toast al prosciutto e formaggio e sarei tranquilla senza bisogno di fissare lo schermo dell'iPhone come fosse un oracolo nella vana speranza che lei si ricordi di me.

«Le porto altro?»

La voce di Manuel mi distrae da un improprio sentimento di nostalgia. Non me lo posso permettere. In eccezionali circostanze – e questa lo è – bisogna stringere i denti e guardare avanti, senza cedere alla tentazione del rimpianto. I miei rimpianti, grazie al cielo, sono quasi sempre di breve durata.

Per cosa, poi? Per il rituale da ufficio?

Ho una specie di vertigine: possibile che senta la mancanza dell'open space, del caffè alla macchinetta, dei pettegolezzi in bagno, della socialità coatta, delle conference-call in sala riunioni?

Possibile.

È che non sono tipo da telelavoro, quelli che a vederli nei servizi in tivù abitano la loro vita con leggerezza: seguaci di un nuovo minimalismo, si docciano, si vestono di tutto punto come se dovessero uscire, accendono il pc, si connettono col mondo tramite Skype e iniziano a smanettare dal tavolo della cucina. Al loro posto, io trangugerei la colazione e starei tutto il giorno in pigiama a navigare su internet senza combinare niente.

Il nonno mi sorride e io ricambio come posso. Magari è vedovo, o forse la moglie lo sta aspettando a casa e il nipote è un'ottima scusa per uscire e non sentire i suoi lamenti.

Pausa.

Sono una ficcanaso e mi impiccio negli affari degli altri inventandomi le loro esistenze. Meglio presidiare il territorio. Fingo di concentrarmi sulla fisarmonica plastificata come se avessi il portafogli gonfio di soldi e sollevo lo sguardo verso Manuel che aspetta di sapere se prendo altro.

«Dunque, sì... prenderei... un espresso. Anzi no, un espresso allungato con acqua. Calda, se è possibile.»

«Ah, un americano, signorina, certo. Le porto ancora qualche biscotto, magari.»

«Ma sì, va', sono così buoni, sembrano fatti in casa... non mi dica che avete il forno?»

Vorrei raccontare a Manuel che il caffè mi porta bene, ma sai a lui che gliene importa? Magari lo odia, il caffè, e pure quelle come me che per una tazza di americano gli fanno fare su e giù per le scale.

Mi astengo dal raccontargli che con la campagna "Ho misurato la mia vita a cucchiaini di caffè" (copiata di sana pianta da T.S. Eliot) il mio ex capo, il *pater familias* che ha bonariamente contribuito a ridurmi al ruolo di casalinga forzata, mi aveva allungato il primo – e unico – bonus. Poche centinaia di euro, che adesso farebbero un gran comodo e che nella mia vita precedente ho dilapidato in modo irragionevole in due scatole di cartucce Polaroid e un paio di sandali giallo becco d'oca con le perline e il tacco dodici. Avevo ideato il progetto mettendo insieme citazioni letterarie per un cliente che produceva distributori automatici di bevande e voleva "farsi conoscere sul mercato con una comunicazione fresca e accattivante". Non inventai un bel niente, mi limitai a rivangare tra i libri letti e pure tra quelli che avevo dimenticato ma dei quali mi era rimasta una traccia olfattiva. Avevo cercato su internet – che in questi casi è una miniera – e alla riunione di planning avevo esibito davanti ai signorini del marketing un collage d'autore su eleganti slide da proiettare davanti al cliente. Bingo! Le frasi al profumo di caffè lo avevano convinto: il coordinamento del progetto venne assegnato a un altro (più vecchio di me, ossequioso, maschio e furbo), ma io venni promossa sua assistente e vissi il mio circostanziato momento di gloria.

Rimando la pubblica confessione dei miei trionfi e mi auguro che le frolle siano un omaggio della casa. L'inconscio sta lavorando per me: da come ragiono, sono a buon punto con le prove di povertà, mi sto adattando velocemente alla mia nuova condizione e, mentre incrocio lo sguardo aguzzo del nonno, per qualche strana associazione riaffiora il tailleur della Witch (che in questo momento, bevendo il suo americano in ufficio, starà sopprimendo un altro talento per godersi meritate vacanze da killer) insieme ai *dead men walking* della B&P. Riesco quasi a vederli proiettati tra i rami della carta da parati: sono in sala riunioni, brindano al nuovo anno e si spartiscono regali e auguri e felicitazioni di circostanza. Per il capo, il solito bonus di incoraggiamento.

Auguri, auguri per un felice anno nuovo!

Non voglio pensarci, non *devo* pensarci anche se mi farebbe bene farlo, perché si sa che, a forza di pensarci, anche le visioni più apocalittiche perdono consistenza, si ridimensionano e vanno a occupare lo spazio di relatività che compete loro.

«C'è una soluzione a tutto» ripeteva la nonna, e non posso darle torto proprio adesso che la sto cercando.

Mi aggrappo a lei e, in attesa delle frolle, allungo la lista sulla Moleskine.

Rinunce	*Alternative*
L'abbonamento a Sky.	Scaricare da internet *Flashforward, Lie to Me, The Mentalist* in lingua originale; guardare i film in streaming.
I regali.	Riciclare – dichiarandolo – quelli non graditi e inutilizzati; confezionare piccoli, creativi pensieri con le mie mani.
Le cene fuori.	Optare per gli aperitivi lunghi, si tira fino a tardi a giri di buffet e si spende poco; organizzarle a casa e invitare ognuno a portare qualcosa.
I concerti.	Recuperare il numero di quel critico musicale al quale l'anno scorso procurai un pass all'ultimo momento per il concerto degli U2.
L'iPhone, dono di papà un Natale fa.	Usare Skype.

Mettere al centro della mia vita amore e felicità, ecco cosa dovrei fare. L'amore è gratis, altrimenti che amore è?, e la felicità, nella sua forma più nobile, sta dove meno te l'aspetti. Devo cercarla.

In una parola: *accontentarmi*, che non significa necessariamente sentirmi una nullità. Almeno su questa pagina della Moleskine, diventare una donna virtuosa è un gioco da ragazzi. Rimugino altre rinunce e mi vengono in mente i soldi. Che non ho.

Non mi va di ricorrere ai miei consolandomi con il fatto che la stessa cosa sta succedendo a tanti dei miei amici e conoscenti. Se per una figlia scoprire di essere povera è tristissimo, per una madre che si fa il mazzo in ospedale dalla mattina alla sera scoprire che la figlia ne soffre potrebbe rivelarsi un inferno.

Il bambino punta le dita grassocce ricoperte di poltiglia viola verso la mia scatola. Tento un timido contatto ma, non appena mi rivolgo al bel faccino, quello si avvinghia alle gambe del nonno. Devo fargli paura. Forse ha intuito che sono figlia unica e, se si esclude una sporadica attività di baby-sitter, non ho dimestichezza con esseri umani di età inferiore ai diciotto anni, dunque la relazione si fa complicata.

«Carino il tuo alieno, come si chiama?»

«Gomit, gomit...»

«Come hai detto?... Gomit?»

«Gomit...»

«Non sono pratica di mostri di nuova generazione, scusa.»

Io avevo i Puffi, Candy Candy, i Ghostbusters, i Mini Pony, Mila e Shiro, cartoni animati con i bambini più sfigati del mondo, quasi tutti orfani, adottati, maltrattati, sfruttati. Tu hai i Pokémon e tra poco userai il Bluetooth. Tu dirai "cappotto". Nonna diceva "allacciati il paltò", e anche "prendimi gli occhiali sulla credenza" oppure "vieni, facciamo uno spuntino", "stai attenta a non prenderti un malanno" e "diamocela a gambe". Tu diventerai uomo senza aver mai visto un mangiadischi, un fax, una cabina telefonica, il rullino di una macchina fotografica, una cartina stradale e un cartone animato su vhs. Non riceverai mai una cartolina illustrata con il francobollo, non vedrai le tende a strisce di plastica nei negozi di alimentari.

Come vedi, caro bambino, ti aspetta una vita di privazioni.

Il dialogo tra noi si fa sempre più difficile e non oso chiedergli: "Cosa ti porta Babbo Natale?" perché, forse, se sapesse parlare mi chiederebbe: "Chi è?".

«Vuole dire "Gormita"» mi spiega il nonno con il tono di rivolgersi a una deficiente mentre si alza, si abbassa verso i sacchetti, li sposta verso il suo tavolo e invita il nipotino a «non disturbare la signora.»

Alla parola "signora" ho un sussulto. Ehi nonno, io sono una risorsa, manodopera temporaneamente inattiva ma tenace, una ruota nell'ingranaggio inceppato della libera concorrenza. In realtà, con le braccia indolenzite e i piedi che formicolano devo assomigliare alla *Donna al Café* di Van Gogh o a quei depressi senza fede che Hopper faceva stravaccare al bancone dei bar tra livide frange di luce.

Signora. Signorina, piuttosto.

Rieccole.

Basta il ringhio innocente di un bambino, ed è insieme all'improvvisa certezza che non troverò un nuovo lavoro e nemmeno un mio simile di sesso maschile con impellente bisogno di paternità che le lacrime tornano a pungere. Sono ancora troppo vulnerabile per allontanarmi da questa alcova.

Come una partita a sette e mezzo.

Carta? No, sto.

Manuel sta tornando con una tazza di americano, una piccola caraffa e quattro fragranti biscotti sul piattino.

Alzo gli occhi e capisco che vorrebbe saperne di più. Ecco, potrei dirgli che non c'entrano l'amore o la famiglia, ma c'entra tutto il resto, e se adesso mi chiede: "C'è qualcosa che non va, signorina?", gli rispondo.

"Manuel, secondo lei c'è qualcosa che va bene?"

"Vede intorno a noi qualcosa che si potrebbe definire ok?"

Per prevenire una nuova ondata, annuisco e basta, proprio come una geisha. Succhio un angolo della frolla.

Nonno e nipote se ne stanno andando.

Immagina, bambino: un giorno, come una didascalia ingiallita, ti spunterà all'improvviso il ricordo di questo pomeriggio prenatalizio col nonno e una signora che lacrimava come una fontanella triste.

«Signore, ehi signore... il suo scontrino!»

Il rettangolo di carta plana come una cavalletta dalle ali

trasparenti sulla mia scatola e atterra qualche centimetro più in là. Il nonno è impegnato a inseguire il bambino che rincorre Manuel sulla scala e non può sentirmi. Quello che conta è il tempo del cuore, vorrei dirgli, mentre mi alzo a raccogliere lo scontrino e approfitto del breve tragitto per sgranchirmi le gambe senza perdere la pole position.

Non è uno scontrino.

E non mi capacito del fatto che i bambini di oggi non credano più a Babbo Natale.

E ti penso
e ti scrivo due righe
perché
solo imparando a memoria
il tuo amore
ti potrai ricordare di me
e amarmi per sempre.
Ci meritiamo una nostra esistenza.

Nonnaaa sei tu, vero?

L'avevo detto che non poteva assentarsi in un giorno come questo! Quando mi sembra di andare a sbattere, spremo conforto dai poeti e di solito funziona.

Grazie, nonnina.

LAUREA IN LINGUE E LETTERATURE STRANIERE

Convincere il relatore ad assegnarmi una tesi su Mary Wortley Montagu, bizzarra e spregiudicata scrittrice del Settecento che quando non viaggiava al seguito del marito, ambasciatore alla corte di Costantinopoli, cercava ispirazione per i suoi scritti negli harem o nei bagni turchi, fu estenuante. Il professore tentò di liquidarla come una figura marginale della letteratura, soltanto perché non avrebbe potuto sfruttarmi come sherpa per qualche saggio a sua firma su un'oscura rivista specializzata.

La raccolta delle sue *Letters Written During Her travels in Europe, Asia and Africa* era conservata alla British Library di Londra. Partii con la benedizione dei miei, ospite in uno scassato palazzo vittoriano nell'appartamento della famiglia Winslow, che affittava la stanza della figlia maritata giovanissima per cause di forza maggiore (due gemelli), e sterline sufficienti per quattro settimane di vita morigerata. Mi piaceva, ogni mattina, attraversare Russell Square's Park e starmene seduta qualche minuto su una panchina sotto i rami protettivi di una quercia, che sembrava augurarmi il buongiorno dispiegando le sue solide braccia verso il cielo.

A furia di fare lavoretti, da studentessa non mi ero mai goduta i ritmi pigri degli universitari, ma nemmeno avevo sperimentato il senso di verticale solitudine che si prova tra teste chine a un tavolo di lettura e abusivi che sfogliano giornali a scrocco. Ogni volta che alla British alzavo gli occhi dalle *Letters*, la quiete monastica di quel posto mi dava le vertigini. Se si escludono le mie conversazioni mentali con la nonna, che pure da lassù non perdeva la sua elegante perfidia, non parlavo con nessuno. L'eccitazione per la leziosa scrittura di Lady Montagu si sgonfiava pagina dopo pagina quando, ormai sicura di avere preso una cantonata, il destino mi assegnò un vicino di tavolo. Era alto e massiccio, aveva un colorito terreo e piccoli foruncoli sulla fronte che non riusciva a nascondere con cerotti rotondi. Attaccò per primo.

«*You hold that book in a strange way.*»

A quel bizzarro approccio risposi come Eliza Doolittle nella scena iniziale di *My Fair Lady* e, pur non possedendo il mio compagno di banco neppure un'unghia dello charme di Rex Harrison, era il primo essere umano extra Winslow che mi rivolgeva la parola da quando ero arrivata.

Così: «*Hello. How. Nice. To. Meet. You*».

E poi, in un inglese zoppicante: «Scusa, in che senso tengo il libro in modo strano?».

Nonostante la mia goffaggine, pensai che quel tizio avesse colto la mia sete di conversazione. Dopo svariati *"nice to meet you"*, prese a parlarmi della sua tesi di laurea. Il mio british-english era arrugginito come una chiave dimenticata in fondo a uno stagno: captavo particelle di frase, ma fortunatamente se ne rese conto e rallentò la foga, scandendo le parole come davanti a una scolara ripetente. Che importava se i giorni prima di quell'incontro erano stati una litania di monologhi allo specchio e se non mi passava nemmeno per la testa di fare sesso con uno così? Avevo trovato un amico e, anzi, ero io a essere sedotta dal furore con cui mi parlava del suo futuro: sarebbe diventato anestesista, avrebbe lasciato Londra e lavorato in Africa. Abbandonai con sollievo Lady Montagu e lo seguii davanti a un distributore automatico di bevande vagamente somiglianti a tè, caffè e cappuccini dall'aspetto malaticcio.

Doveva essere un maniaco ossessivo perché continuava a parlarmi della sua tesi di laurea. Ma in quelle condizioni di solitudine estrema mi andava bene qualsiasi argomento.

«Pensa che la scoperta del gas anestetico avvenne per caso a metà Ottocento durante uno spettacolo a Hartford, nel Connecticut. Il protossido d'azoto, un gas esilarante, veniva fatto inalare ai volontari tra il pubblico, che iniziavano a comportarsi in maniera buffa e divertente. *Do-you-know-what-I-mean?*»

Dovevo farmi ripetere le cose due volte, perdevo il filo. A farmi stare bene bastava la sua presenza, però.

«Horace Wells, un dentista, convinse il suo amico Samuel Cooley a salire sul palco e sottoporsi agli effetti del gas.»

Faticavo a stargli dietro, vacillavo prima di afferrare in extremis la conversazione, ma al suo reiterato "*Do-you-know-what-I-mean?*" annuivo, limitando le mie richieste allo stretto necessario.

«*And... so...?*»

«E... successe l'imprevisto. Lo spettacolo finì in rissa perché il gas scatenò l'animo violento del povero Cooley. Dalla sua gamba cominciò a colare sangue...»

«E ti hanno accettato una tesi di laurea su questa roba?»

«Cooley non si accorse di essere ferito. Non sentiva dolore.»

«*And...?*»

«E quindi Wells ebbe la rivelazione destinata a cambiare la storia della medicina.»

«Aaah!»

«Capì che era stato il gas a ridurre la sensibilità dell'amico e a casa fece una prova su se stesso.»

«Si tagliò da solo?»

«Si spruzzò il gas in bocca e si fece cavare un dente da un collega. Non provava dolore, non sentiva niente, *do-you-know-what-I-mean*? Fu così che nacque l'anestesia, un perfetto esempio di serendipità.»

Serendicosa?

Per mostrarmi all'altezza, presi a blaterare scemenze del tipo "oh, la Storia è zeppa di scoperte e rivelazioni, il problema è orientarsi...". Il ghiaccio era sciolto. Tornati al tavolo di lettura riprendemmo a studiare, ma ormai avevo la certezza che avrei trascorso le serate successive in polverosi pub a bere birra e a parlare di eclatanti casi di serendipità. Il giorno dopo e quello dopo ancora aspettai James allo stesso posto. Mi concentravo sull'andirivieni delle persone che varcavano la porta della biblioteca, lo cercavo alla caffetteria, al banco dei prestiti e in giardino, ma lui non tornò. Conservo ancora la Polaroid che ho scattato alla sua sedia vuota, certa di essermelo inventato come una proiezione della mia incapacità a socializzare con l'altro sesso.

Fu in quell'occasione che iniziai a rassegnarmi alla gente che sparisce.

La convinzione che tutti prima o poi scompaiono mi è rimasta addosso come la sindrome di Cenerentola, che ti colpisce quando vai a una festa e non riesci a divertirti perché sai già che, a mezzanotte, carrozza, principi, bei vestiti e tutto il corollario di felicità si dilegueranno lasciandoti a piedi, rispedita a casa dal ballo.

Non escludo che anche Manuel, il cameriere più affettuoso della città, si dissolva da un momento all'altro abbandonandomi qui a languire su questo soppalco; mi succede così spesso che ogni volta che sto per affezionarmi a qualcosa d'istinto guardo l'orologio: questione di minuti e sarà finito.

Sono le 12.35 p.m., il cielo è denso come latte e ho un nuovo vicino: un ragazzo – potrebbe avere una ventina d'anni – che si è seduto al tavolino di Hemingway. Apre il pc e, con la testa china sulla tastiera e le orecchie protette da un paio di cuffie gigantesche, si chiude nel suo mondo.

Non sei un tipo che si perde in chiacchiere, eh?

Forse anche lui è una proiezione, me lo sto inventando, sul soppalco non c'è nessuno e... tra poco inizierò a parlare al muro. Capita, quando stai troppo sola. Mi basterebbe sfiorare i tasti del cellulare, chiamare Sarah o almeno rispondere ai suoi messaggi. La tecnologia dovrebbe proteggere dalla solitudine. Chi è solo e si abbarbica ai social network non fa che usare nuovi mezzi per affrontare un problema che c'era pure prima. Un piccolo gesto e via, potrei riconnettermi con qualcosa che ha a che fare con l'affetto.

Invece rimando.

Rimasta senza James ero precipitata nella malinconia, la mia tesi arrancava e quella sciroccata di Lady Montagu si rivelò davvero una figura marginale della letteratura inglese.

Mi frullava in testa quella parola.

Serendipità.

Cercai di saperne di più, ma il Webster Dictionary le riservava poche righe, riducendola alla "sensazione di euforia che si prova quando si scopre una cosa non cercata mentre se ne sta cercando un'altra, ovvero l'essere disposti, mentre si cerca qualcosa di ben determinato, a trovare altro, ad accogliere mondi, visioni e riflessioni che non ci eravamo aspettati di incontrare".

Pochino per dedicarcisi con la mia solita avventatezza. E però. Ero cascata nella trappola.

Mi stavo infatuando di una parola che non era soltanto una parola, ma una vera e propria capacità, oltre che una strategia di sopravvivenza alla noia mortale delle mie giornate. Sull'eroico dentista scopritore dell'anestesia nemmeno un cenno, ma in un volumetto dedicato alle "scoperte che hanno fatto la Storia" trovai autentici leader di serendipità, come Cristoforo Colombo che cercando le Indie arrivò in America, il signor Alfred Nobel che per caso trovò la dinamite, e Alexander Fleming a cui capitò lo stesso con la penicillina. Persino i post-it – ma questo lo scoprii anni dopo, quando la mia ricerca di serendipità era diventata un'abitudine – nacquero grazie alla disperazione del signor Arthur Fry che, stufo di segnalibri scivolosi nel suo volume di preghiere, recuperò la colla inventata e mai utilizzata dal suo collega ricercatore Spencer Silver sei anni prima e la spalmò su quadratini colorati da mettere nei suoi libri. Tutte quelle scoperte rimandavano a Horace Walpole, IV conte di Orford del quale mi innamorai senza informarne il mio relatore, terrorizzata all'idea che liquidasse anche lui come una figura marginale della letteratura inglese.

Horace era stato capace di inventare una parola, *quella* parola, la mattina del 28 gennaio 1754 quando, seduto alla scrivania nella biblioteca del suo palazzo gotico per sbrigare la corrispondenza, la affidò a una lettera all'amico Horace Mann, riportando in vita una strana storia orientale altrimenti condannata all'oscurità.

Una volta lessi una favoletta intitolata The Three Princes of Serendip*: nel corso dei loro viaggi, le loro Altezze scoprivano, continuamente, per caso e per sagacia, cose che non andavano cercando. Ad esempio uno di loro scoprì che un mulo cieco dall'occhio destro era passato per la loro stessa strada di recente, perché l'erba era mangiata solo sul lato sinistro, dove era più brutta che sul destro – ora capisci cos'è la Serendipity?*

Grazie a James, una parola rimasta nell'aria come un seme trasportato dal vento era planata nella mia vita. Spulciai parte dell'epistolario dello scrittore-grafomane (quarantotto volumi di lettere!) e tre settimane dopo, spese le ultime sterline da un rivenditore di Polaroid e fotografato la panchina vuota di Russell Square's Park, ero di ritorno con valanghe di appunti sui legami casuali in letteratura, ovvero sull'applicazione della serendipità nel surfing letterario. Un triplo salto mortale col relatore, che pochi mesi dopo mi valse l'attualmente superfluo punteggio massimo *cum laude.*

All'aeroporto, seduta per terra tra adolescenti in gita che ingannavano l'attesa tirandosi addosso i sacchetti verde salvia di Harrods, aspettavo la valigia. Sulla parete di fronte, un manifesto mi esortava all'acquisto di una crema per le mani con un claim che Sarah, invasata dalla pubblicità già in quegli anni felici, avrebbe giudicato "troppo sentimentale":

Voglia di carezze
di mani
di mamma, di nonna, di sorella, di amica...
Voglia di tenerezza.

Non sapevo in che considerazione tenesse la sua, di nonna, l'autore di quel poster, e Sarah avrebbe riso davanti a tanta sdolcinatezza, ma leggendolo lì, davanti al nastro dei bagagli che girava a vuoto, a me tornò in mente l'indimenticabile estate del 1982 quando la mia, di nonna, decise che era arrivato il momento di visitare Roma.

Nonna era affezionatissima al suo borsone a fiori con le strisce in finta pelle, ma le pareva scortese ignorare il regalo della vicina, grata per la serie di lettere con cui costrinse l'amministratore di condominio a far riparare le condutture gocciolanti che da mesi disturbavano il suo riposino. «È come il tuo carrello per la spesa con le ruote» spiegò entusiasta la vicina mostrandole l'avveniristico modello nero con cerniere dorate, una tasca di plastica trasparente all'interno per i documenti di viaggio e la maniglia retrattile, che bastava toccarla e schizzava fuori come un pagliaccio dalla scatola. Non era particolarmente interessata agli aerei, la nonna, diceva che si può benissimo andare in treno dappertutto, ma che non si può diventare vecchie senza aver mai visto Roma. Se si escludono i riccioli bianchi che rifiutava di tingere, a me non sembrava affatto vecchia e la prospettiva di vedere da vicino i centurioni del Colosseo, mangiare al ristorante e dormire in albergo con lei per un'intera settimana mi eccitava.

Partimmo.

Nonna, in un abito a fiori pervinca su fondo sabbia di

deserto, i sandali con il tacco quadrato, la borsetta di paglia e gli occhi acquosi dall'eccitazione, resta un'immagine indimenticabile. Al check-in fu presa da un attacco d'ansia, guardò sospettosa il tunnel che inghiottiva la valigia e non fu per nulla rassicurata dalle parole della hostess: «La troverà all'arrivo, stia tranquilla signora, faccia buon viaggio». Pochi minuti dopo eravamo in un fermento di nuvole, dal finestrino sembrava di toccarne i ciuffi che punzecchiavano il cielo come zucchero filato. Ce n'erano a forma di faccia di topo, di sbadiglio di ippopotamo o perfettamente rotonde come pastiglie.

Nonna ne approfittò per parlarmi del futuro.

La prese alla larga.

«Hai notato che gli animali guardano spesso verso il cielo, Olli? Anche voi bambini sognate rivolti al cielo. E poi le stelle sono quassù, persino gli dei li hanno sempre immaginati da queste parti, e se mai esiste il Paradiso non può che stare di casa qui. L'Universo è così ricco di segreti inimmaginabili che, quando hai bisogno di una risposta, se guarderai questa grande lavagna azzurra prima o poi la troverai.»

Ignorando bevande e caramelle offerte dalla hostess, mi confidò che un giorno sarebbe venuta a stare qui e che sperava di potersi scegliere la nuvola più soffice, dalla quale potermi consigliare in caso di bisogno. A quel tempo avevo un'idea vaga della morte, gli unici cadaveri che conoscevo erano gli squartati del libro di anatomia dei miei. Così la nuvola mi sembrò da subito un buon posto dove fermarsi tra tutto quel vagare per l'eternità. Con la nonna, poi, tutto diventava plausibile, ed è da quell'esordio tra le nuvole che ho maturato la convinzione di non voler finire sottoterra. La sua idea di Paradiso mi piacque subito e continuo a immaginarmelo così: uno spazio azzurro e infinito nel quale staremo bene insieme.

Dall'oblò, scattai una Polaroid. Avevo due scatole di ricariche e non volevo sprecarle, ma quella nuvola un po' buffa era troppo importante per lasciarmela scappare.

L'aeroplano atterrò sulla pista sobbalzando come un'automobile rimasta senza benzina e la valigia con le rotelle venne recuperata senza intoppi. La settimana a Roma fu fantastica, nonostante la delusione di scoprire che i centurioni erano comparse a pagamento.

Quella mattina all'aeroporto, di ritorno da Londra con la tesi di laurea in tasca, dopo un'estenuante attesa davanti al nastro il mio trolley decisamente fuori moda ereditato dalla nonna spuntò tra zaini con le toppe, valigie imbalsamate nel cellophane e sacche con le lettere dell'alfabeto stampigliate sulle tasche. Agli arrivi, quando la porta si spalancò come una tagliola, ero sicura di trovarci i miei genitori. Il mio solito ottimismo sonnambulo: non c'erano. Tanti bambini avevano deciso di venire al mondo quel giorno e papà era troppo occupato con i cuori degli altri per ricordarsi del mio.

Tra la folla in attesa, solo gli autisti delle aziende che aspettavano Mr McKenzie e Miss Rajastan, coppie sposate dalla faccia ansiosa in attesa dei figli di ritorno dalla gita e un ragazzo allampanato che teneva alto sulla testa un cartello con un cuore verde bandiera dipinto a tempera.

Chi era la fortunata destinataria di quella dichiarazione d'amore?

La cercai, ma non vidi intorno a me nessuna ragazza con la faccia particolarmente felice.

Mi avviai verso il bus, sotto un cielo evanescente, tagliato a fette da un reticolo di scie bianche.

Sono passati anni, chissà dov'è finito il ragazzo col cuore verde. Intanto, il bar tabacchi inizia a riempirsi di clienti un po' troppo chiassosi.

Lui

Aveva sempre bisogno di confini. Gli piaceva sentire la metropoli intorno, gli edifici a fare da scudo, i giardini-isola, le finestre illuminate delle case. L'aeroporto era un giusto compromesso, una città indipendente dove vagare e pensare ai fatti suoi senza provare l'insidiosa sensazione di essere solo al mondo. Se fosse stato meno timido avrebbe fatto volentieri due chiacchiere con quel tizio che saltellava agli arrivi internazionali sventolando un cuore verde menta.

Un esibizionista o solo uno che non ci stava con la testa?

Gli aeroporti sono pieni di gente stravagante, ma quel tipo aveva scelto un modo divertente per non starci con la testa. Magari aspettava la sua ragazza, o forse era pagato per fare pubblicità a un nuovo tipo di caramella balsamica. "Provate le Green Heart, signori, per un alito sempre fresco a prova di bacio."

Il tabellone degli arrivi frullava venti minuti di ritardo.

Diego andò a sistemarsi davanti alla vetrata. Nonostante fosse lattiginoso per l'afa, il cielo era sporcato da una griglia di scie bianche, vaporose stelle filanti di anidride carbonica che ne imbrattavano la quiete. Guardava la pista, cullato dal placido ronfare del vicino sprofondato nella sedia accanto. Da quanto tempo era lì e per quante ore aveva resistito su quel rigido oggetto di design impropriamente chiamato "poltrona" che lo stringeva come una camicia di forza? Mancavano poche ore alla discussione della sua tesi di laurea e Diego era sfinito. Distrutto. Esausto. Si sforzava di pensare a qualcosa di diverso dalla Convenzione internazionale sui diritti del fanciullo a cui aveva dedicato gli ultimi sei mesi, la media era alta e suo padre ci teneva alla lode, ma scegliere giurisprudenza, disciplina sicura e controllabile, abbandonando il sogno della fisica, gli era costato parecchio. Enrico, che pur avendo fatto economia gli era rimasto amico, sosteneva che voler studiare la fisica era il suo modo di distrarsi dai codici degli uomini in favore del mistero dell'Universo, ma qualcosa doveva pur dare ai suoi genitori e accontentarli era stato come levarsi un peso.

Diego si annoiava e prese a cercare di rispondere a domande del tipo qual era il massimo di voli che quel canyon di vetro era in grado di sopportare, quanti passeggeri e di quante nazionalità stavano transitando in aeroporto, quanti aerei avrebbero potuto atterrare sulle piste mentre altri decollavano senza urtarsi a colpi d'ala e stronzate simili, sapendo benissimo che posizione e quantità di moto non possono essere definite con precisione e che, se c'è sempre un principio di indeterminazione in ogni vita, figuriamoci in un aeroporto.

In realtà quello che gli sarebbe piaciuto stabilire era la percentuale di persone felici e persone infelici in quel preciso istante tra la gente che aspettava.

Come lui.

Aspetto Enrico, ma non ho l'ansia: Enrico è sempre in ritardo e, nonostante la strepitosa carriera, non cambia mai. Sono al secondo espresso.

Tutti aspettavano che succedesse qualcosa, tranne il tizio dal cuore verde che a un certo punto si diresse all'uscita con il cartello sottobraccio.

Diego attendeva i suoi genitori di ritorno dagli Stati Uniti. Il muso dell'aereo puntava già verso terra. L'assistente di volo recitava il suo sermone e annunciava che era iniziato l'atterraggio, previsto per l'01.45 p.m. Anzi no, il tabellone frullava le 02.05 p.m., venti minuti in omaggio seduto a guardare gli aerei che portavano persone lì e quelli che se le riportavano via, a immaginare di veder scendere dalle scalette qualcuno che conosceva, perché c'è qualcosa di magico nell'incontrare un amico dentro un aeroporto, un che di improvviso e persino avventuroso nel dirgli: "Ehi, anche tu qui" e "Come te la passi?".

Dopo mesi di meticolosa insistenza e con la scusa di riabbracciare il suo socio di studio in pensione nel bengodi artificiale di Miami Beach, il padre era riuscito a convincere la moglie a partire. Diego era rassicurato dall'immagine dei suoi vecchi affidati a qualcun altro che non fosse lui mentre camminavano lenti tra i vialetti alberati di Collins Avenue o sui praticelli della Promenade, o mentre sostavano a prendere un cono al gusto di frutti esotici e se li scambiavano, "Prova questo, è delizioso" diceva lui; "È squisito, già" rispondeva lei con uno dei suoi sorrisi incerti. Miami però non era riuscita a distrarli abbastanza, forse in quel posto c'era troppa vitalità per loro o forse nessun luogo era abbastanza distante dalla paura.

Mamma e papà tornavano all'ovile.

Il cilindro d'acciaio che li stava riportando a casa, in tempo per gli applausi alla sua toga, girava in tondo sui suoi pensieri. Diego chiuse gli occhi. Li immaginò abbozzolati nelle ultime file: lei teneva la testa bianca appoggiata sulla spalla di lui che leggeva il giornale. Percepiva i sospiri di sua madre che si infrangevano contro il mutismo di suo padre, un po' come quella volta quando lui non reagì sentendola dire, sottovoce ma non abbastanza: «Avrei voluto precipitare laggiù».

Non lo aveva mai visto perdere la pazienza.

E anche quella volta aveva rispettato la tradizione e risposto dando dei leggeri colpetti del mento in direzione del tappeto, dove il bambino giocava con i soldatini. Ma Diego, sempre attento a ogni impercettibile mutamento nel volto di sua madre, aveva sentito benissimo. E aveva mosso le guardie della regina con la giubba rossa che sfilavano in parata insieme alla guardia imperiale francese, ai celti e ai romani, ai beduini arabi e al biondo Robin Hood che marciava a braccetto con lo sceriffo di Nottingham e Geronimo Apache. Non li schierava in battaglia, ma vicinissimi l'uno all'altro, senza separare i buoni dai cattivi. I conflitti lo spaventavano, preferiva farsi i fatti suoi e non disturbare troppo.

«Sì, l'ha presa bene, cerchiamo di non lasciarlo solo, non si sa mai come un bambino può prenderla, sembra tranquillo, forse non ha ancora capito bene quello che è successo», «Sì, sì, mangia regolarmente, dorme e va volentieri a scuola. Parla poco, però. Anzi, non parla da settimane. Il fratello gli manca, certo che gli manca, ma facciamo tutto il possibile per distrarlo.»

Dicevano così i suoi e, forse, si addormentavano senza patemi.

Diego aveva allenato la specifica capacità di stare solo in mezzo alle persone; proprio come all'aeroporto, mentre osservava il vicino intrappolato nella sedia di plastica che si stava svegliando. Intanto, lassù, un fiume di vento trasparente, tra nuvole massicce e altocumuli, piegava il Boeing verso terra e accompagnava i genitori tra le braccia del figlio. Era quasi pomeriggio, come annunciavano i display sullo schienale dei loro sedili.

Il 747 esitava ad atterrare, quasi avesse continui ripensamenti.

Come te, Andrea. Quando, imboccato il corridoio, chiudesti la porta senza fare rumore e ti accostasti alla finestra della stanza affacciata sul cortile.

Quella mattina sì che ci sarebbe stato bene un ripensamento. Nevicava, i fiocchi erano grani di rosario, molecole di bianco, specchi ghiacciati che riflettevano la luce, batuffoli pronti a schiantarsi al suolo e sciogliersi infrangendo le loro subdole promesse di eternità. Quella mattina Andrea aveva aspettato che la madre uscisse per la spesa, tanto il padre era già in studio e il fratellino, febbricitante, era stato affidato alla tata.

Poi deve avere detto: "Basta così". Quanti secondi sarebbero occorsi per chiamarsi fuori da una partitura stonata?

Dalla portafinestra della stanza a strapiombo sul piccolo mondo condominiale la morte sarebbe stata certa, subitanea. O quasi. «Andrea era un ragazzo gentile, aveva bei voti in pagella e un innato talento per la musica», le persone rimasticavano così la loro versione assolutoria, come se il talento bastasse. C'è un sacco di gente di talento che si ammazza nei modi più strampalati. Quella scrittrice inglese, per esempio, che si era lasciata annegare con le tasche piene di sassi, dunque il talento non c'entrava e nemmeno i bei voti a scuola.

Andrea trattava il suo violoncello come un essere umano, lo chiamava Joe e a lui – il Microbo, il Fungo, a volte il Criceto – non era concesso toccarlo. Da suo fratello accettava qualsiasi nomignolo. Piccolo e buffo con i capelli arruffati, felice di essere preso in considerazione, Diego si sedeva per terra a guardare quelle mani grandi che si muovevano delicate sulle corde, gli si appendeva alle caviglie o intrecciava le stringhe delle sue scarpe. Andrea faceva finta di niente e finito di suonare cadeva ridendo come un matto togliendosi le scarpe con attaccati i calzini.

Andrea gli insegnava le mosse degli scacchi e non faceva mai la spia.

Torna indietro, fratello. Resta con me.

Rideva di un riso cristallino, non aveva certo il tono di uno che voleva chiamarsi fuori. Da loro, da quella casa, figurarsi dalla musica. Di problemi in famiglia Diego non sapeva: lui era il Nanetto – «Taci, Nanetto, e ascolta me» gli diceva fingendo di essere il capo – e Andrea un vero fratello maggiore, misterioso e gentile. Anche a sforzarsi, Diego non ricordava grida, né litigi o ribellioni ultimative. Loro ricorsero alla parola "depressione", ma era una scorciatoia lessicale: i clinicamente depressi sono inappetenti e Andrea mangiava tantissimo. La sera, quando i genitori dormivano, si fiondavano in cucina e si ingozzavano di Nutella a cucchiaiate. Uno che divora crema di cioccolato e suona con la stessa, rapace avidità non può essere depresso, così come uno che prova per ore le *Suites* di Bach e non, poniamo, qualsiasi brano di Mahler – il quale aveva ottime ragioni per essere depresso dopo che gli erano morti il fratello e pure la figlia di quattro anni, Maria Anna.

Un istante di magica sospensione, la sensazione di galleggiare come un astronauta che non distingue il basso dall'alto, la forza di atterraggio del proiettile umano a – QUANTI, fratello? – chilometri orari. Era stata una logica applicazione delle forze gravitazionali. E chi cade dall'alto non avverte la sensazione di peso e nemmeno l'attrazione della gravità, l'accelerazione del corpo verso il basso le annulla e non prevede interferenze.

La velocità di quel corpo dipendeva dalla sua forma – le gambe, le braccia, il busto e quei riccioli carichi di pensieri –, dal peso (settantacinque chili, aveva ipotizzato) e dalla capacità di resistenza all'aria.

Certo non dipendeva dal dolore.

Che lui negli occhi di Andrea non aveva visto.

Crollavano atomi con quel corpo. Di desideri e paure.

Ogni atomo di suo fratello musicista esercitava un'attrazione su tutti gli atomi che lo componevano, atomi e poi molecole, e sostanze e grumi di sentimenti. Forse andati a male.

L'angelo incapsulato nella tuta da astronauta ti offrì il suo paracadute, ma tu non lo accettasti, Andrea.

Non ebbe più il permesso di giocarci, con i piccoli astronauti di plastica che stavano sulla mensola in camera di Andrea. La madre l'aveva chiusa a chiave quella sera stessa. Solo lei ci entrava, leggera come un gatto che cerca la sua cesta. Il letto di Andrea era sempre pronto, la mamma ogni giorno rimboccava sul nulla lenzuola pulite e profumate di lavanda. Le piaceva tormentare gli aggeggi di Andrea con un ossessivo spolverare ma, nonostante la sua pervicacia, il pulviscolo tornava a depositarsi su quegli oggetti in moto costante e convulso per effetto della forza elettromagnetica, che nemmeno lo strazio più straziante aveva il potere di fermare. La polvere turbinava nel raggio di luce e Diego, da ragazzo, avrebbe voluto avvertire la mamma, spiegarle che quello strofinaccio non eliminava nulla, che le cariche elettrostatiche di quelle particelle oscillanti aderivano con tenacia a qualsiasi superficie.

E a ogni cuore.

E si ridistribuivano – polvere alla polvere –, ché non era solo la parola incantante della Bibbia, ma una legge della fisica.

Non glielo diceva però, perché era così bella la mamma, quando visitava la stanza-cronicario di Andrea e allestiva la sua recita. Una volta la vide appoggiare la testa alla parete con lo sguardo perso della donna innamorata. Una donna come le altre che pareva appena tornata da un viaggio. Ignorava di essere spiata mentre davanti al poster di Patti Smith impilava giornali e spartiti ingialliti, quando accarezzava la custodia del violoncello o si sdraiava sul tappeto di pelo lungo a forma di mucca, ascoltando la *Quarta* di Brahms da un vecchio giradischi. Quando l'azzurro era l'unica luce a filtrare dai vetri della finestra che lei lustrava una volta alla settimana, tutti i giovedì, si sedeva sul letto a rileggere gli articoli dei giornali. I vicini di casa intervistati descrivevano una famiglia perbene. I cronisti, eccitati dalle coincidenze, scrissero di "rischio emulazione" e per parlare di Andrea interpellarono strizzacervelli specializzati in adolescenti schizzati, ma pure musicisti grati alla depressione che li aveva portati al successo e in tivù.

Scrissero anche: "manichino disarticolato", "lineamenti deformati", "fantoccio senza vita", "sangue che sgorga dalla testa come da un rubinetto".

"Fissità."

Era il periodo dei frettolosamente definiti "suicidi da adolescenti". Andrea era il sedicesimo, tanti erano stati i ragazzi che in una manciata di mesi – per un'ininfluente casualità, dato che c'era chi stava al Sud e chi al Nord, ragazzi ricchi e ragazzi di famiglie povere, sgobboni a scuola e ripetenti scalognati – si erano tolti la vita nei modi più diversi. Andrea era entrato nelle statistiche di quelli che avevano tirato avanti con addosso la paura di tutto.

Palazzo. Scuola. Caserma. Ponte. Cavalcavia.

C'è di che scegliere per lanciarsi nel vuoto, tanto la morte è lì, a un passo, e se muori a diciassette anni per incidente stradale si fa in fretta a evocare il fato. Se ti ammazzi sei uno disperato. Per tutti il suicidio di un giovane puzza di irragionevolezza, instilla dubbi nella più granitica delle fedi e dichiara nulla la vita dei suoi genitori.

Per anni, e forse non gli era passata del tutto, la paura ha avuto l'odore di sua madre, lo stesso che Diego sentiva ogni volta che le si avvicinava con scuse da bambino scemo: firmare il diario, dare la buonanotte, farsi allacciare le scarpe con le stringhe – quando lei avrebbe fatto prima a comprargli quelle con il velcro perché ce la potesse fare da solo evitando ogni contatto col figlio che le era avanzato. Gli capitò di sentirla dire, con il volto distorto come *L'urlo* di Munch, che "sarebbe stato difficile spiegarlo ai parenti". Le era toccata in sorte la peggiore delle sentenze e lei si preoccupava di cosa avrebbe detto la gente.

Davanti a quella ottusa follia, suo padre continuava a tacere.

Diego ebbe da subito poche questioni da risolvere: cosa vedevano i suoi occhi mentre volava, quale era stato il suo ultimo pensiero cosciente, come batteva quello che dicevano fosse rimasto intatto, il suo cuore. E avrebbe voluto fargli la domanda che non era mai riuscito a porgli: cosa aveva pensato quando si era chinato sulla culla e aveva visto il fratellino appena nato?

Un tonfo.

Non lo aveva sentito, perché con la febbre gli si erano tappate le orecchie. Anni dopo aveva letto su internet che l'autoprecipitazione contro una superficie solida può non provocare la morte immediata, ma un'emorragia letale perché le ossa fratturate lacerano arterie, vene e organi vitali; che la forte compressione causa la rottura delle fibre muscolari e libera un'abnorme quantità di elettroliti nel sangue, come potassio, calcio, oltre a proteine come la mioglobina... E però nessuno era riuscito a dirgli se uno soffre e se ne accorge né a rispondere alle domande che quelli rimasti si fanno in certe occasioni.

I genitori si erano accontentati di un tradizionale trauma

cranico: «Il ragazzo è morto dopo pochi minuti di incoscienza».

La colonna vertebrale si era spezzata, l'encefalo danneggiato per la caduta era andato a sbattere contro l'interno della scatola cranica. Ossa, pelle e materia cerebrale frammista a sangue, che avrebbero potuto spargersi attorno alla superficie di impatto, erano rimaste al loro posto.

Fortunato fratello, avresti potuto restare inchiodato a un letto per il resto dei tuoi giorni.

Lo avevano portato via. Quel giorno il pranzo era stato cancellato. Andrea era stato cancellato. Diego era stato mandato a giocare dalla vicina che aveva una figlia della sua età. I suoi erano tornati a casa dall'ospedale nel pomeriggio.

Diego aveva insistito per vederlo.

Aveva strillato e protestato e picchiato i pugni fino a farsi sanguinare le nocche. I capricci gli venivano benissimo e poi intuì, come possono intuire i bambini, senza coscienza, con istinto, di essere diventato la merce preziosa da tenere d'occhio.

Era diventato figlio unico e aveva tutte le intenzioni di approfittarne. Non si mostrano i morti ai bambini, consigliavano gli adulti codardi.

Non sapevano, loro, che sarebbe stato un momento grandioso.

Lo fu.

Visti da vicino i morti possono essere bellissimi, l'idea di vedere un cadavere lo attraeva da quando Andrea lo aveva portato al museo e gli aveva letto le targhe con la data e il nome dei pittori. Un dipinto in particolare lo aveva convinto che la morte aveva a che fare con la gentilezza. Del Gesù sdraiato lo avevano incantato la forma pallida, i muscoli così ben disegnati da sembrare veri e le guance magre come quelle dello scheletro del museo di scienze. Nei telefilm il cadavere lo estraggono da un cassetto di acciaio dottori carini che sembrano tirar fuori una torta dal forno. Sul dipinto il morto era tutto diverso: sembrava in pace.

Diego aveva insistito e l'avevano portato a vederlo.

«Andrea è lì sotto» gli aveva detto il padre con la voce ingrippata. Una voce con le stampelle.

"Sotto" era una stanzetta nello scantinato dell'ospedale. Erano scesi mano nella mano. Quella del padre era grande e sudata. A Diego batteva il cuore dall'eccitazione. Non c'erano dottori in giro, solo persone con gli occhi gonfi che bisbigliavano e che si voltarono a guardarlo.

La camera di Andrea era piccola e stretta. Dal muro scrostato come scaglie di formaggio traspiravano buchi di calce bianca. Due tubi al neon pendevano da una catenella. Il pavimento era di mattonelle rosso sangue di bue. Faceva così freddo che gli tremavano i piedi dentro le scarpe, una suggestione, certo, perché aveva ripreso a nevicare e Diego calzava scarponcini pesanti.

Gesù era appeso al muro ma il chiodo stava cedendo: ehi, ma dovevate fissarlo meglio, come potete lasciare la testa del Signore Crocifisso a penzolare in quel modo? Dilettanti.

C'era una piccola finestra in alto e da lì si potevano vedere degli uccellini appollaiati sul ramo di un albero.

Andrea era solo.

Solo dentro il mondo. E non c'era nemmeno una preghiera lì a scaldarlo un po'.

Diego si era avvicinato, la mano stretta nella mano grande di suo padre. Ma non arrivava a vedere oltre quell'orizzonte. Non pensano mai ai bambini, pensò, nemmeno quando mettono un fratello in una grande scatola marrone un po' pacchiana con le maniglie dorate, come quella dell'isola del tesoro.

«Non ci arrivo» disse. «Voglio vederlo da vicino.»

«Da vicino» aveva ripetuto, strusciandosi come un gatto sui calzoni del padre. E allora il padre, controvoglia, lo aveva sollevato tenendolo stretto per la vita, come quando giocavano a vola-vola-vola e a lui batteva così forte il cuore nelle orecchie per la paura di cadere a terra, ma non glielo diceva perché papà si sarebbe sicuramente offeso. Sentiva il suo respiro sfiorargli la nuca e le sue ciglia gli facevano il solletico sul collo come una piuma. Le sue braccia robuste e forti sopportavano il dolore come se tenerlo in quella posizione per tutto quel tempo non fosse una faticaccia.

Andrea era disteso e questo gli diede un fastidio terribile, perché quando aveva chiesto: «E adesso dove è andato?», gli avevano risposto che suo fratello dormiva «per sempre».

«E non si sveglierà più?»

«No Diego, non si sveglierà più.»

Mentivano.

Andrea non si sarebbe mai addormentato in quella posizione, con la testa appoggiata su un cuscino di plastica, le mani incrociate e una collanina bianca tra le dita. Andrea riusciva a prendere sonno solo rannicchiato e loro avevano deciso come avrebbe dormito il suo "sonno eterno".

Si erano presi una bella responsabilità.

L'avessero interpellato, almeno. Avrebbe risposto: "Accucciato con le braccia intorno alle ginocchia". Un gomitolo di fratello.

La faccia di Andrea era giallina, ma a parte il colore sembrava quasi la sua solita faccia. Qualcuno gli aveva fasciato la testa con una benda bianca dalla quale spuntava un ricciolo, però gli avevano fatto la riga dalla parte sbagliata. Lo avevano vestito con la giacca scura del saggio di violoncello, Diego se la ricordava perché quel giorno c'erano un sacco di studenti sul palco e prima che arrivasse il turno di Andrea si era parecchio stufato. Sotto, aveva la camicia bianca col colletto sottile, il farfallino, e le scarpe nere e lucidate.

Diego si sporse all'ingiù fin quasi dentro la bara, fece scivolare le dita sulle guance lisce e appoggiò le labbra su quelle di Andrea, bianche e fredde come quando andavano a sciare e sulla funivia faceva un freddo tremendo.

Non aveva il solito odore. Non sapeva di niente.

Diego aveva affondato la faccia nel suo posto preferito, il tratto di collo morbido dove gli piaceva soffiare per fargli il solletico, gli aveva sollevato le dita e gli aveva infilato tra le mani la fotografia del suo compleanno, quando lo aveva aiutato a soffiare sulle candeline. Ce l'aveva fatta dopo il terzo tentativo, ma era una finzione. Cinque candeline erano poche e spegnerle tutte insieme sarebbe stato facilissimo.

Gli aveva messo in tasca il portafortuna.

Lo scacco del re. Che chiudeva la partita.

Aveva premuto le labbra anche sulla benda, sicuro che Andrea avrebbe portato con sé quel bacio come un amuleto.

Dopo avergli permesso di guardare tutto quello che voleva guardare e di fare tutto quello che voleva fare, il padre lo aveva riportato a terra.

«Dobbiamo andare, adesso» aveva detto e a Diego sembrava che piangesse con la schiena, chinato in avanti, come un uomo che non sapeva a chi affidare la sua solitudine.

Andrea fu seppellito due giorni più tardi e, mentre dei signori vestiti di nero calavano la sua bara nella fossa con delle grosse corde, Diego li guardava fisso: si muovevano sicuri e veloci, come se mettere i morti sottoterra fosse normale.

Se ne stava in disparte, a guardare da lontano, tanto nessuno si occupava di lui. Nevicava forte.

La mamma era bellissima con il cappotto nero. C'erano tantissimi ragazzi, tutti erano lì per Andrea e questo lo rendeva orgoglioso.

È mio fratello, ehi.

Pensava: mi viene da vomitare. Non sapeva come fare per far passare la nausea, così si era messo a strofinare l'astronauta nella tasca del giubbotto. Desiderava con tutto se stesso avere uno scopo, fare un giuramento o qualcosa di simile a una promessa solenne se l'astronauta lo avesse aiutato a non vomitare.

Sentiva l'acido in bocca ma era riuscito a ingoiare. «Grazie, astronauta» disse, a voce bassissima così che nessuno pensasse che quel bambino era ammattito. Aveva promesso ad Andrea che avrebbe custodito il suo violoncello, che sarebbe stato molto gentile con la mamma e il papà, che non avrebbe mai smesso di amarlo.

Ma non era più come prima.

Le 12.57 p.m.

Nella luce tremolante del neon lo schermo dell'iPhone accumula chiamate senza risposta e vibra il quarto messaggio. Se i cellulari esprimessero emozioni, il mio sarebbe in fiamme.

> 12.58 p.m.
> Dove sei finita? S.

Per immaginare Sarah che tamburella sui tasti irritata e impaziente non ho bisogno di chiudere gli occhi. È passata dalla curiosità alla rabbia e la lancetta della bussola interna che agisce a sua insaputa le segnala che qualcosa di *diverso* dal solito deve essere successo. Sarah è quasi una veggente e, nonostante consideri i miei dialoghi con la nonna un'infantile proiezione dell'amico immaginario, ha innate capacità paranormali. Una volta – eravamo alle medie – arrivò trafelata a casa mia prima della scuola perché aveva sognato che il nostro appartamento andava a fuoco. In effetti la mamma aveva bruciato il pentolino del latte, ma non era il caso di prendersela così.

Sono un'ingrata e mi comporto da disoccupata egocentrica che, distratta dal suo misero curriculum, trascura l'amica più fedele. È che, se le riassumessi i fatti, commenterebbe a modo suo, direbbe che l'amministratore delegato della Breston&Partners ha una nipote fresca di laurea in scienze della comunicazione da piazzare al mio posto, oppure mi rovescerebbe addosso palate di buonsenso, tipo "prendine atto, approfitta delle feste per riposarti e poi rimettiti sul mercato". Sarah, da brava pubblicitaria, a volte ragiona per slogan, è una donna saggia e razionale mentre io sembro sempre sull'orlo di un precipizio.

Qui stanno succedendo un mucchio di cose che non dirò a nessuno, perché più passano le ore e più mi accorgo che in effetti non si tratta *solo* di una questione di lavoro, ma piuttosto del mio "posto nel mondo", che non so più qual è né ho idea di dove andarmelo a cercare. Sarah direbbe che sono la solita melodrammatica. Potrei consultare Manuel, ma è impegnato a proteggere le tovaglie rosa antico con tovagliette di carta e posate di plastica in vista dei prossimi clienti. Apparecchia anche il mio tavolo.

«Grazie, grazie... servirà per il pranzo.»

Sono viola dalla vergogna, non ho fame ma mi toccherà mangiare qualcosa per avere diritto al posto? Intanto sposto la scatola che nel frattempo si è asciugata, come i miei piedi.

«Sa, signorina, non vedo l'ora che arrivi domani, è il mio ultimo giorno di lavoro. Torno a casa dalla famiglia, che è sempre un bel tornare, sa? Io faccio economia e commercio alla serale e vado a casa solo per le feste.»

Manuel vuole parlare con me. Ma non ha l'aria del tacchino. Piuttosto tenta di mettermi a mio agio. Io a mio agio al bar tabacchi mi ci sento già, però. Chissà se anche a lui piace la neve, se al suo paese nevica e se ha una fidanzata che lo aspetta là. Saranno felici insieme? Con poche note biografiche riuscirei ad avere più familiarità con lui e mi lascerei andare. Vorrei tanto dirgli che mi sento a pezzi e che il nostro presente è scritto nell'infanzia, che è quello il punto da cui partire. Il timbro. Magari lui mi racconterebbe volentieri di quando era bambino, anche se insiste a darmi del lei e io non oso confessargli di avere i soldi contati. Potrei raccontargli che Howard Schultz ha fondato la Starbucks proprio dopo aver visto una persona gentile e preparata come lui che serviva cappuccini in un bar italiano, è tornato a Seattle ed è diventato milionario.

Grazie al sorriso gentile di un cameriere come te, Manuel, sai?

Per uno che studia economia e commercio la sera dopo otto ore al bar tabacchi potrebbe essere una buona notizia.

Chi dice "non parlare con gli sconosciuti" sbaglia di grosso: ci sono perfetti sconosciuti più affidabili di gente che conosco da decenni, esattamente come questo ragazzo che di giorno si scapicolla su e giù per le scale a servire signorine un po' tristi e viziate e riesce a essere affabile con tutti senza nessuno sforzo apparente. La sera, per giunta, sgobba sui numeri credendo ancora nel salvifico potere della finanza.

E se non ci fosse più posto per le parole e per "rimettermi sul mercato" dovessi cedere alle formulette di marketing da abbinare indistintamente a un dentifricio, a un romanzo o a un nuovo modello di cellulare, come piace agli usurpatori della B&P, e io fossi solo una snob ingessata e fuori moda? Sto diventando vintage e in questo bar tabacchi nuoto come un pesce solitario in un vecchio acquario. L'iPhone, intanto, non smette di illuminarsi di telefonate.

Nonna, ehi nonna, autorizzami tu: posso vivere ancora un poco nell'anonimato senza stare appesa alle loro chiamate?

Certo, una persona normale in certe circostanze spegne il cellulare, ma gli ossessivi che occupano un posto centrale nella mia vita sanno che lo tengo acceso anche di notte, quindi se lo spegnessi si insospettirebbero e penserebbero che:

a) sono scivolata su una lastra di ghiaccio (il cellulare si è rotto);
b) ho avuto un incidente (l'iPhone è andato in pezzi);
c) sono ricoverata al pronto soccorso (dove non c'è campo).

Da quando vive sola, mamma è diventata apprensiva e, se questo non contraddicesse i dogmi che mi ha propinato dalla nascita, mi doterebbe di un cercapersone; anche papà, pur non dichiarandolo, pensa sempre che mi stia succedendo qualcosa di grave, il che per due medici abituati a convivere con le tragedie non è affatto normale. Ma io sono l'unica figlia di una ex coppia, cioè merce preziosa e, invecchiando, anche i miei genitori sono diventati più insicuri. In fondo non sto mentendo, solo dilazionando una notizia, tanto la sola persona con cui vorrei parlare non può rispondere se non nel solito modo e, se si esclude il finto scontrino, pare ancorata alla strategia del silenzio.

Rendo omaggio alle mie paure, procrastino.

Lascerò passare le feste, aspetterò il pranzo di Natale che, da famiglia allargata che ha risolto i suoi conflitti, domato le passioni ed è pervasa da una sorta di calda amicizia, si tiene a casa di zia Emma. Io, se escludiamo Alma-la-stronza, non ho acredini e adoro i nostri rumorosi e affettuosissimi Natali.

Anzi, aspetterò la fine del pranzo. Li stupirò quando saranno rasi al suolo dalle leccornie che mio padre si farà preparare da un rosticciere più costoso di Tiffany per attenuare la colpa di avere scassato il nido e convivere – dopo insistenze, ricatti e crisi isteriche – con una mia coetanea che non ha nulla di cui preoccuparsi: cova sotto l'ala del cardiologo più figo della città come assistente a contratto, non sente l'alito dei ventenni sul collo né il coperchio dei quarantenni dalla pentola sicura, non conosce il territorio dei *nowhere places* e non sa che la volta in cui davvero mi sono sentita senza patria è stato quando mio padre se n'è andato.

Potrei anche tirare in lungo fino a gennaio, il mese ideale per fare progetti. Dicembre significa luci, fretta, dispersione di energia, eccessi. Dicembre è rumore.

Gennaio è silenzio.

Dicembre è indulgenza.

Gennaio è rinuncia.

Dicembre è un mese affollato.

Gennaio è un nuovo inizio.

A gennaio compriamo meno, mangiamo meno, abbiamo più tempo per pensare.

Gennaio è un sospiro del tipo "e anche questa volta è andata, e adesso occupiamoci di cose serie".

Gennaio è il mese in cui sono nata, adattissimo alle liste.

Rinunce	*Alternative*
I farmaci.	Chiedere il generico o ricorrere alla dotazione dei miei in ospedale.
La casa ①	Tornare a vivere con la mamma e affittare il trilocale → ammissione FISICA della sconfitta. Ipotesi agghiacciante.
La casa ②	Trovare una coinquilina. Ma chi? Le amiche strette hanno mariti e fidanzati e una sconosciuta, no, non posso farcela. Meglio la mamma, tanto non c'è mai.
Le uscite serali.	Ridurle a meno di non essere invitata, optare per il *rentring*, cioè vivere la notte a casa tra amici e non in giro per locali a spendere. Organizzare a casa mia tornei di giochi da tavolo.

Certo, il *rentring* è roba vecchia di secoli, quando un genio come Jane Austen riusciva a scrivere romanzi-capolavoro senza muoversi da un divano dove si bisbiglia, si spettegola, si ridacchia e si parla soprattutto di uomini. Con la crisi si sono inventati che è una nuova tendenza.

Giù la penna, devo andare in bagno e mi auguro che il bar tabacchi ne preveda uno almeno per i *protégés*. Prima, però, inauguro una pagina bianca piena di speranza per la lista da compilare il 1° gennaio:

Progetti	*Propositi*

Esagero e ci aggiungo una colonna:

Progetti	*Propositi*	*Sogni*

Per avere qualcosa da mostrare a Sarah, potrei scattare qualche Polaroid al locale, tra Hemingway-Tobia e il nonno ho già perso due bei soggetti per la nuova serie *Bar tabacchi*. Forse è meglio così: sto dilapidando ricariche, è sempre più difficile trovarne e la scorta dello stock comprato mesi fa da un negoziante che chiudeva per cessata attività sta finendo.

Anche la Polaroid è nata da un caso di serendipità, infatti il ritratto in bianco e nero del signor Land che l'ha inventata occupa il posto d'onore sul mio frigorifero, accanto a quello della cuoca inventrice della tarte tatin infornata al contrario e diventata un elemento fondante della cucina francese.

Accadde in un pomeriggio assolato del 1943.

Il signor Edwin Herbert Land, che di mestiere faceva il fisico, era in vacanza a Santa Fe e, come tutti i padri di questa terra che vogliono conservare i ricordi dei loro bambini prima che diventino irrimediabilmente grandi, scattava foto alla sua Jennifer.

"Sorridi al papà, Jenny."

"Ecco, così, sei bravissima, Jen."

"*I love you, baby.*"

A un certo punto lei gli chiese: "Perché non possiamo vederla subito?" e a lui, che era un genio vero e avrebbe fatto qualsiasi cosa per far felice la sua piccina, scattò la molla, a riprova che quando le idee nascono dal cuore per arrivare solo successivamente al cervello possono farti guadagnare un sacco di soldi e cambiarti la vita. Così Land corse al suo laboratorio; impiegò solo un pomeriggio per inventare la fotografia istantanea ma qualche anno per realizzare il prototipo della prima macchina, che nonostante il prezzo, 89,75 dollari, andò esaurita in poche ore in un grande magazzino di Boston nel 1948.

Ignaro del suo potere, Edwin Herbert non si accorse che la serendipità è come l'aria: non la vedeva, anche per lui era trasparente, e non sapeva che, quando manca, siamo destinati al buio.

Scatto una Pola alla sedia vuota del nonno e vado in bagno, visto che di idee geniali destinate a cambiare la mia vita con un'intuizione fulminea non ne ho.

Per ora.

L'01.21 p.m.

Sono tornata in fretta al mio avamposto. Cominciamo a stare stretti qui sopra e sono assediata dalla concorrenza. Ho avuto la pessima idea di guardarmi allo specchio e l'Olivia che ho visto non mi è piaciuta per niente: faccia giallina, occhiaie, capelli scompigliati. Qui sul ponte del Titanic, poi, si sta facendo il pienone con quelli che un lavoro ce l'hanno e, di conseguenza, hanno pure la pausa pranzo. Io non ne ho più diritto, cari miei, ma il mio cameriere preferito, mentre prende l'ordinazione al tavolo alla mia destra, mi sta dicendo con gli occhi che posso fermarmi qui quanto voglio. I commenti palleggiano silenziosi tra me e lui.

Pausa pranzo.

Non avevo riflettuto su quanto fosse armoniosa la definizione di quell'intervallo che il capo ci concedeva con aria di malcelato disprezzo. Lui, che faceva "colazioni di lavoro" un giorno sì e l'altro pure mettendole in conto alla B&P, copriva di elogi chi tra noi si portava da casa un tupperware con primo-secondo-dessert o quelli perennemente a dieta come la glottologa del centralino che ingeriva in pochi minuti uno (1!) yogurt e una (1!) mela senza scollarsi dalla sedia.

Pausa pranzo.

La vita si ferma, o almeno dovrebbe, ma i tre alla mia sinistra si comportano come se la fretta desse loro diritto a qualcosa. Cedo la mia sedia di riserva a due ragazze in piedi che mi guardano con l'aria di dire: "Cara, quanto ci metti a ordinare?".

«Prego, sì, è libera.»

Non devo mollare la postazione. Sono una *protégée*, una cliente fissa, e se mi gira faccio l'abbonamento settimanale come Tobia, chiaro?

«Due panini al tonno, due al prosciutto, una mista, una Red Bull, una bottiglia di naturale, una Coca in lattina. Per il caffè aspettiamo?»

Che ganzo! Il mio consulente finanziario prende le ordinazioni a memoria da un tavolo e contemporaneamente serve insalate miste dall'aspetto miserello, sandwich tonno e pomodoro, birre e minerale frizzante ai tre cinquantenni con giubbottone griffato e calzettoni da boy scout.

Secondo me li disprezza, ma gli tocca essere cortese.

In effetti.

Stanno chini sul piatto come cavalli stanchi e iniziano a brucare le loro insalate senza perdere di vista i Blackberry, discutono di lavoro e sparlano di una certa Emma che «mi sta proprio sui coglioni con quella spocchia. Ma l'avete vista? È lì da una settimana e si dà un gran da fare col capo. Una vera troia». Tutto a bocca piena tra sbuffi di noia: fino a poche ore fa anch'io, forse, mi sarei fatta lo stesso effetto, ma istintivamente quella Emma mi sta già simpatica.

«Tanto non cambia niente, è una raccomandata di ferro» dice Blackberry1.

«Eh già» sospira Blackberry2.

Ragazzi, se solo avessi il coraggio di intromettermi, vi ricorderei che un raccomandato *sembra* felice e spensierato, ma in realtà vive con l'insicurezza addosso. Uno bravo, invece, è sereno. E non ditemi che tanto non cambia niente, perché c'è sempre qualcuno che cambia il mondo a nostra insaputa e anche voi, se solo lo voleste, potreste farlo. Guardate me, che nonostante l'apparenza mi scervello per trovare qualsiasi cosa che mi faccia sentire un poco più ottimista riguardo al mio futuro.

Serendipità. Potrei spiegare loro la serendipità. Ma si sono accorti che li sto fissando e non so nemmeno come posso aver pensato una cosa simile. Se parlassi, mi prenderebbero per pazza. Alla B&P mi hanno liberata dall'inferno di gente così, anche se non sono mai stata una maniaca come questi tizi neppure quando mi ci divertivo. Se non costretta da una consegna, mi ero imposta la regola di non restare in ufficio fino a ore impossibili come la povera Anita, addetta stampa come me ma ancora junior, la quale, evidentemente priva di amici veri, aveva puntato tutte le sue carte su quel posto e ci rimaneva fino a notte, anche se una volta l'ho beccata mentre chiedeva a Google "come smettere di amare".

Dunque almeno una volta si era innamorata, e se lavorava così tanto era perché voleva smettere di amare qualcuno che non la ricambiava.

Se la cacciano, Anita dai capelli crespi, è da suicidio.

Non ero riuscita a leggere i risultati del motore di ricerca, ma se avesse chiesto a me le avrei risposto: "Non si può smettere di amare così di botto solo perché uno ti ha lasciata, cara, ci vuole tempo, l'amore richiede più attenzione del lavoro perciò dai una svolta alle tue giornate: mezz'ora di corsa tutte le mattine, meditazione e yoga, molti film d'avventura e amici, amici, amici. Prima o poi l'amore giusto arriva" e via dicendo. Oggi non so se farei le stesse prediche da saputella, forse le direi: "Cara, le cose migliori ci succedono sempre quando ci rinunciamo, perciò fai finta di niente, china il capo e augurati che questo straccio di lavoro ti regali ancora un poco di indipendenza economica".

Sono diventata arida nel giro di poche ore. Rifletterci.

Meglio ordinare il pranzo.

Sulla fisarmonica un toast e una naturale fanno 5 euro e 50, ma dopo le cioccolate e il caffè il mio budget si è assottigliato di parecchio e non posso essere sincera fino in fondo con Manuel. Capirà la scelta "acqua del rubinetto"?

«Bene, signorina. Un toast al prosciutto e formaggio e un bel bicchierone d'acqua fresca.»

Nell'attesa, e per distrarmi dal mio iPhone e dai loro Blackberry, proseguo con le liste sulla Moleskine.

Manuel interrompe il mio soliloquio mentre BB1, BB2 e BB3 parlano di "economia partecipativa" e sono passati da Emma-la-troia a "quelli che stanno con i genitori, non lavorano e vivono intaccando i risparmi della famiglia".

Oh, come vorrei partecipare alla conversazione! Ho dato giudizi affrettati, forse anche loro sono della partita e stanno cercando soluzioni per una vita *diversa*.

Manuel appoggia il piattino con il toast e mi versa l'acqua dalla caraffa con grazia, mi guarda e, sottovoce, in quello che leggo come un cenno di amicale complicità, chiede se «ora va meglio». E no, che non va meglio, amico, ma come faccio a riassumerti così su due piedi garbugli e risentimenti del cuore, a confessarti che sono l'ennesima vittima della "peggiore crisi economica che ha investito il mondo occidentale", che per quanto mi riguarda il capitalismo ha i giorni contati e che nell'elenco di come riempire il vuoto da lavoro non contemplo acquisti ma solo drastiche riduzioni di spesa?

Sei talmente gentile con me e mi giudicheresti una catastrofista ricordandomi (perché so che lo faresti, caro Manuel) che se formuliamo pensieri negativi ci tiriamo addosso le disgrazie, o anche solo delle piccole sfortune che, sommate l'una all'altra, si bevono tutta la speranza di cui siamo dotati. Magari per te Wall Street è ancora un tempio e che diritto ho, io, per adombrare sospetti sulla tua religione?

Prima che io riesca a balbettare una risposta credibile, passano alcuni interminabili secondi di imbarazzo.

Poi: «Grazie, va meglio. Magari prendo un altro caffè, dopo».

Se solo fossimo più in confidenza gli direi: "Manuel, oggi è uno di quei giorni che, se lo guardo bene e poi lo riguardo meglio, smetto di guardarlo", ma siamo circondati da estranei e non mi va di condividere i miei pensieri ad alta voce con loro. Mangio il toast al rallentatore, a piccoli morsi, e bevo l'acqua come un uccellino. Quando non si ha niente da fare, tanto vale farlo in modo meticoloso.

Manuel se ne va e io faccio due conti a stomaco pieno.

Alla B&P guadagnavo 1280 euro al mese per dodici mesi l'anno, che nei periodi fortunati venivano rimpolpati dai testi che scrivevo per un'azienda cosmetica. Sui profumi e i prodotti di bellezza, infatti, ero imbattibile e frasi come "sublimata da questa luce bianca, l'eau de toilette accompagna i sensi verso nuovi orizzonti onirici" o anche "tutta la spensieratezza e la passione di una donna libera e sensuale" valevano 50 euro lordi a cartella. Anche se le beauty editor a cui erano destinate quelle frasi deliranti non credevano a una parola di quello che scrivevo e si eccitavano soprattutto per i prodotti in omaggio e i viaggi offerti, sono sicura che nello staff della B&P non è rimasto nessuno in grado di redigere cartelle stampa di quel livello in poche ore. Nessuno che sappia fingere di credere in quello che scrive con la mia stessa convinzione. Perché, come al solito, scrivendo mi innamoro delle parole e mi convinco di tutto.

Mi faccio coraggio e controllo il saldo sull'home banking, un'invenzione per noi poveracci che passiamo il tempo a compulsare ossessivamente "quanto ci resta". Ho 1987,40 euro, il che significa, stando molto, molto morigerati, una stentata sopravvivenza per qualche (quante?) settimana. Di povertà e rinunce – anche se, grazie alla lungimiranza della nonna, almeno non ho un affitto da pagare.

Per i regali di Natale dovrò per forza buttarmi su quelli creativi, anche se non so lavorare a maglia, né usare carta e colla e non ho mai seguito "Art Attack". Con i saldi di gennaio risparmierei un buon 40 per cento avendo tutto il tempo per cercare regali utili. Rifletterci.

Fare un bilancio delle uscite potrebbe aiutarmi a distinguere le spese utili e necessarie da quelle superflue. Non lo faccio perché, oggi, depressa come sono, vincerebbero le seconde. Da domani si inaugura una nuova vita low cost.

> 02.03 p.m.
> Alla B&P dicono che non risulta nessuna Olivia: avete cambiato la centralinista o è solo scema? Sempre io, Sarah.

Dal belato al ruggito, con lei è un attimo.

> 02.07 p.m.
> La felicità / è precedere il dolore. / È stato scritto su un muro / "Siate felici con prudenza" / e io voglio essere una falena / noncurante del sole / e vivere tra la luce / voltando le spalle a notti troppo nere / troppo notti!

Un sms anonimo. Dev'essere un nuovo modello di pubblicità. Prendono i nostri numeri da una banca dati, ti consolano con una poesia e poi zac!, cercano di venderti qualcosa. Di che banca dati faccio parte adesso? E qual è il posto giusto per cercare la felicità che precede il dolore? E se fosse lei? Sono parole del suo vocabolario, queste.

Nonnina, sei tu? E cosa mi stai dicendo?

"Siate felici con prudenza." Già.

Potrei chiedere lumi alla stagista della B&P che all'01.54 p.m. scrive:

Olivia mi manchi già. Speriamo mi
confermino. Ti aggiorno. Baci, Elisa.

Oh cara, vuoi che non ti capisca?

Addento l'ultimo angolo di toast e almeno a lei rispondo, in nome e per conto dell'immenso popolo delle stagiste del quale ho fatto parte dai miei esordi post laurea.

02.10 p.m.
Tranquilla Elisa tutto bene. Ti riconfermeranno: dove
la trovano un'altra come te? Buon Natale, Olivia.

Ce ne sono a pacchi di stagiste, ma non è il caso di ricordarglielo, tanto sa benissimo che dietro di lei c'è la fila.

STAGE 6+6
ASSISTENTE AGENZIA DI PUBBLICHE RELAZIONI

La notte che precedette il mio primo stage fu una sequenza ininterrotta di visioni apocalittiche. Un film horror che si interruppe con un BADABAM mentre degli sconosciuti ululavano: «Muoviti», «Vai», «Vaaaiii» schiacciando narici pelose sul vetro del finestrino di un'auto che perdeva pezzi. Il posto di guida era angusto come l'abitacolo di un'astronave, i finestrini erano bloccati, il volante era gelatinoso e scivolava via dalle dita. Tentavo di gridare: "Non ho la patente, non so guidareee", ma la voce restava impigliata alle corde vocali come un'alga allo scoglio.

BADABAM.

Mi svegliai di colpo col cuore a mille.

La testiera del letto era rovinata a terra, interrompendo quel sogno turbolento. Impiegai qualche secondo per ritrovare me stessa, rincuorata dalle voci dei miei genitori, già pronti a raggiungere i loro reparti. I due si accontentarono di una spiegazione urlata da lontano con voce strozzata, «Niente di grave, è cascata la testiera del letto». Erano le sei e mezzo del mattino e il loro spensierato cinguettio – «La aggiusteremo stasera tesoro, ciao, noi andiamo, siamo in ritardo. In bocca al lupo per oggi» e cose simili – mi aveva prostrato: gli involontari responsabili del mio senso di inferiorità ce l'avevano fatta alla grande nella vita e io ero una ventitreenne paralizzata dal terrore perché non mi sentivo all'altezza di un normalissimo tirocinio. Gli inglesi ci chiamano *runner*, un modo educato per non dire esplicitamente "schiavi che devono correre". Da *runner* avrei dovuto rispondere al telefono, fare fotocopie o servire panini, e dunque non c'era bisogno di fare tutto quel casino, ma l'inconscio segue leggi che la ragione non contempla.

Forse quella, però, si sarebbe rivelata la mia passione.

Il mio bouquet era ricco: avevo fatto la baby-sitter, la commessa natalizia al reparto foulard da Gucci, la zingarella nell'*Aida*, avevo tradotto dall'inglese due libri per bambini e dato ripetizioni di ogni materia possibile a Rachele, la figlia dei vicini di pianerottolo. Ma quel giorno mi aspettava la prima scrivania, otto ore al giorno per cinque giorni la settimana: l'agenzia di pubbliche relazioni Red Door cercava un'assistente con un'ottima conoscenza delle lingue, neolaureata e ambiziosa. Corrispondevo al profilo e, se avessi rinunciato, quello stage se lo sarebbe preso al volo la seconda della fila, lunga e scalpitante di aspiranti. L'amica di Sarah che mi aveva dato la dritta si era premurata di avvertirmi che naturalmente non potevano pagarmi, era un'agenzia piccola a budget ridotto, ma mi sarei fatta conoscere nel giro. Quale giro? Il lavoro è un'attività che per definizione si fa in cambio di soldi, ma sembrava maleducato che una giovane parlasse di denaro e, qualora l'avesse fatto, sarebbe stata considerata un'arrogante.

L'offerta mi veniva dipinta come l'occasione per arricchire il mio striminzito CV.

Per una che non ricorda i sogni nemmeno sotto ipnosi, il messaggio era chiaro: rinuncia, Olivia. Anche se, per una saputella laureata con lode, temere il debutto nella schiavitù autorizzata degli stagisti era umiliante. Uno stage, tra l'altro, di cui si vedeva, nitida, la fine. La giacca oversize, i pantaloni e la camicia bianca erano pronti sulla sedia con le ballerine blu e gli orecchini con la perla: avevo impiegato ore a scegliere l'abbigliamento che mi sembrava più adatto. No al classico-a-modino, ai tacchi, alla gonna o all'abituccio stretch, no a tutto ciò che avrebbe dato un'impressione di supponenza. La borsa di pelle blu occhieggiava dalla scrivania come uno zainetto da primo giorno di scuola. Ordinatissima.

Avrei telefonato all'amica di Sarah. Mi sarei scusata per una febbre improvvisa, una bronchite, una recidiva di varicella. Impossibilitata a presentarsi al lavoro perché infettiva: succede, no?

Mi ero alzata in un baratro d'ansia.

Nello spettrale silenzio della casa, avevo acceso la radio e mi ero buttata sotto la doccia, tiepida come un brodino dato che i miei avidi e mattinieri genitori si erano consumati la riserva d'acqua calda. Al turno doccia arrivavo sempre terza e nove volte su dieci mi toccava pagare pegno.

John Lennon incalzava il suo autorevole incoraggiamento alla radio.

> *... then they expect you to pick a career*
> *when you can't really function you're so full of fear*
> *a working class hero is something to be.*

Dopo aver bevuto una caraffa di caffè, ho avuto un insperato scatto d'orgoglio: "Non c'è nulla di cui avere paura, il massimo che ti può succedere è essere cacciata per inadeguatezza". Mi soccorse come sempre la voce della nonna, che diceva: «Quando hai paura e non c'è nessuno a cui chiedere consiglio, allora siediti, fai un lungo respiro e parla con lei. Dille: "Paura, raccontami chi sei, come ti chiami, perché sei qui". Prendila delicatamente sul palmo della mano, poi chiudila senza stringere troppo, scava un buco nella terra e mettila lì sotto».

Il balcone è ancora pieno di vasi terrorizzati, ma lo stratagemma funzionò.

Avevo controllato e ricontrollato trucco-vestiti-accessori e, inforcata la bici, con la calma di un buddha alle nove in punto suonavo il campanello della porta laccata di rosso al piano terra di un cortile zeppo di piante. Anne, una trentenne dai riccioli ramati e dalla pelle candida punteggiata di lentiggini e occhi acquamarina, mi aveva accolta con un sorriso fiducioso e mi aveva accompagnata in un giro di presentazioni tra le scrivanie: bastarono pochi minuti, dato che l'agenzia che tanto temevo era composta da sei ragazze, le quali mi diedero il benvenuto con l'entusiasmo di chi ha trovato una baby-sitter a cui mollare il figlio per andare al cinema dopo mesi di astinenza.

I loro «Finalmente!!!» sciolsero in un baleno le mie ansie, mentre io entravo nel mondo del lavoro con la punta del piede.

Le 02.22 p.m.

I cuori smarriti armati di Blackberry si alzano tutti insieme, scrollano leggermente le spalle e, pronti a marciare verso i loro loculi di potere, come le guardie della regina danno il cambio a una coppia con cane. Avranno mai fatto uno stage, loro?

Probabilmente si saranno chiesti chi è quella ragazza arruffata che scrive a testa bassa, così, per dare prova di naturalezza, accarezzo la testa del cagnone che si è infilato tra le mie gambe.

Il lavoro riscatta. Esenta dai cattivi pensieri, pensavo un tempo.

«Buon lavoro!» dico, mentre il termosifone sibila, accompagnando la mia ipocrisia con un fischio metallico.

«Grazie, buon lavoro anche a lei» risponde Blackberry3. L'unico del gruppo che sembra incline alla convivialità.

Non ti agitare, Olivia, "buon lavoro" è meglio di "buongiorno" e l'invidia rovina la pelle. Allora chiedo ai nuovi arrivati come si chiama il cane.

«Tim. Vieni, Tim, a cuccia.»

Si può chiamare un cane come un telefono cellulare? Il mio, intanto, continua a lampeggiare, sibilando definitiva irritazione:

02.24 p.m.
Ehi, ce l'hai con me? Potresti degnarti
di rispondere? Chiamami. S.

Sarah ha definitivamente perso il suo aplomb. Devo arginare la carica di aggressività che sento arrivare come un'onda. Perché è uno sforzo sovrumano cercare di spiegare a lei, che sa tutto di me, che più passano le ore e più vorrei diventare un fantasma? Resto evasiva, anche se dall'insistenza ormai è chiaro che ha sentito puzza di bruciato e non tollera di essere esclusa dai miei pensieri, dalla mia vita e da qualsiasi cosa impedisca le nostre amate-solite-inossidabili conversazioni giornaliere. E se fossi con qualcuno? E se avessi conosciuto l'uomo della mia vita e avessi accettato il suo invito nel loft dove vive con un labrador e un gatto magicamente uniti in armonia?

Avresti potuto scrivermelo anche per sommi capi, direbbe. Basta poco:

Incontrato "lui" causa neve. Carino. Gentile. Single.

Più difficile digerire un:

Silurata. Ho bisogno di riflettere.

Invece scrivo:

02.25 p.m.
Scusa sono incasinatissima, ti spiego dopo, baci Olli.

Scialacquo e ne mando uno anche a mia madre:

02.26 p.m.
Ciao tutto bene. Ti chiamo stasera.

Ecco a cosa mi ha ridotto la tecnologia: mento con facilità impressionante. E pensare che il primo cellulare l'ho vinto con i punti del supermercato, un segno di ciò che mi sarebbe capitato pochi mesi dopo.

Tim si è scapicollato al piano terra e Crapapelata ne è infastidito. Si capisce da come scuote il testone.

Le prime settimane alla Red Door furono un apprendistato durissimo, non per il lavoro in sé, ma per la complessità delle relazioni umane. Anche da stagista non rinunciavo a dire la mia. "Stai-al-tuo-posto" dicevano di contro gli sguardi delle ragazze se mi azzardavo a esprimere un parere quando avrei dovuto limitarmi a prendere appunti a bocca chiusa. La stagista in azienda è come la recluta in camerata: non deve avere opinioni. Dopo alcune settimane di sospetti generazionali da parte delle più anziane, allora agguerritissime trentenni che a me sembravano donne fatte e finite, il mio stage però andava a gonfie vele. Anne era il capo. Irlandese di Dublino che aveva incontrato il futuro marito sdraiata sui prati del Trinity College, lo aveva seguito e, non riuscendo a mettere a frutto la sua laurea in psicologia applicata, aveva fondato un'agenzia tutta al femminile, occupandosi di relazioni con la stampa. Piccoli clienti, fino a quando la Porta Rossa aveva vinto una gara e si era accaparrata il nuovo proprietario di una catena di supermercati che chiedeva "iniziative per animare i locali". A regalarci l'idea che lo conquistò furono un budget contenuto e la mia fedele Polaroid. Grazie a lei e al progetto GDO^2, Grande Distribuzione Organizzata di noi Giovani Donne Ottimiste, il mio noviziato durò oltre i sei mesi pattuiti, mi valse i ticket per il pranzo e una scorta di ricariche.

Per preparare il progetto, avevo iniziato a frequentare uno dei supermercati del cliente con spirito da antropologa. Mi piazzavo vicino alle casse, poi passavo alle corsie, sostavo in angoli strategici – reparto verdure, detersivi, alcolici e surgelati erano i punti cardinali del mio itinerario –, annotavo scrupolosamente le facce, le espressioni, i tempi di sosta e spiavo nei carrelli, dichiarazioni d'intenti e radiografie emotive di chi fa la spesa.

Osservavo, in attesa dell'Idea.

Anni fa per conoscere qualcuno bastava una serata tra amici, un collega all'università, un gioco di sguardi sul treno, una chiacchiera al parco con il cane. Da qualche tempo andava di moda il supermercato. Lo si frequentava anche per trovare compagnia, e poi tutti insieme in coda per pagare. Non eravamo al livello di specializzazione degli Stati Uniti, dove il *market dating* era organizzato con carrelli di colori differenti – se sono single e mi interessa conoscere gente nuova scelgo il rosso, se sono in coppia o non ho voglia di dichiararmi scelgo il blu –, ma l'ansia da incontro serpeggiava come un fiume trasparente tra le corsie.

L'orario di punta era tra le 7.30 e le 8.30 p.m., quando, dopo il lavoro, tra il banco macelleria e il reparto frutta e verdura, poteva scattare l'appuntamento. L'ho visto con i miei occhi e ho origliato agganci del tipo:

"Come va?"

"Grazie, mica male."

"Me lo passa per favore?"

"Secondo te questo è meglio dell'altro?"

"L'hai provato?"

Il venerdì e il sabato erano i giorni preferiti dei single, che attaccavano bottone con un pretesto. Due chiacchiere e poi, magari, ci si incontrava di nuovo la settimana dopo. Stessa corsia e stessa offerta speciale. Non entravano insieme, non necessariamente uscivano insieme, ma a volte ci scappava uno scambio di numeri di telefono.

A me non è mai successo.

Nella fase antropologica, avevo classificato i tipi da supermercato. Ne parlai alla riunione per dimostrare al cliente che, al di là degli studi di marketing accademici (tipo mettere i prodotti per bambini ad altezza bambino così da far cedere le mamme al primo strillo), quella del supermercato è un'antropologia del cuore e dello spirito, che per capirla basta osservare e che, prima di essere un luogo commerciale, il supermercato è un luogo delle emozioni.

Tra i soggetti selezionati ricordo:

- quello che non si sposta, ovvero un signore calvo con gli occhi a palla come quelli dei cartoni animati. Restava impalato davanti ai fagioli in scatola e non si muoveva da lì. Poi passava a un altro reparto affollato e si piazzava, immobile, al centro;
- la mamma multipla con carrello strapieno contenente svariati generi alimentari, bottiglie, tonnellate di detersivi, un figlio di circa tre anni nell'apposito cestello, l'altro di circa cinque che scappava qua e là piagnucolando. Lei, stoica, passava il tempo a tirar fuori con calma dal carrello tutta la merce che il marmocchio infilava abusivamente. Una santa;
- il solitario: sulla quarantina, aveva l'aria timida e goffa. La moglie gli aveva probabilmente scritto la lista segnando prodotti, quantità e marche da comprare. Il problema nasceva quando non trovava gli assorbenti con le alette e la lavanda vaginale e, vergognandosi di chiedere indicazioni alle giovani commesse, vagava sconfortato.

Il mio preferito restava il poeta-sognatore, un romantico. Si aggirava svagato nei corridoi, faceva lunghe pause al piccolo reparto dei libri, dove sfogliava i tascabili. Spesso dimenticava dove aveva lasciato il carrello. L'avevo osservato a lungo e la mia impressione era che andasse proprio lì per ricevere i sorrisi di Clara alla cassa 7, il cui nome era scritto sul grembiule. Il poeta, il conto, se lo lasciava fare solo da lei.

Chissà come è andata a finire?

C'era anche la coppia di sposi. Lei lo precedeva sicura; lui, il trasportatore del carrello, le stava dietro a qualche metro di distanza. Lei controllava le offerte, contava i punti omaggio e di solito sceglieva cosa comprare senza consultarlo. Una volta ne ho sentita una che ripeteva al marito: «Se rompi le uova ti ammazzo».

Il pensionato, di solito, agiva di nascosto. Strappava intere file di biglietti numerati al banco dei salumi per poi non presentarsi quando i suoi numeri venivano chiamati, spostava i flaconi di candeggina sullo scaffale delle acque minerali per trarre in inganno i distratti. E lasciava socchiuse le ante dei freezer per far deteriorare i surgelati. Un tipo rancoroso.

Una presenza fissa era la signora piccola, che arrivava a stento al metro e cinquanta, ma gli articoli che le servivano stavano sempre su ripiani alti il triplo di lei. Si alzava sulle punte dei piedi, allungava le manine ma niente da fare, non ce la faceva. E allora passava il tempo a chiedere aiuto a persone di una certa statura. Tenerissima.

"Oggi sono qui per acquistare un sorriso, uno solo, me ne basta uno, mi andrà benissimo anche il più piccolo... sono qui al banco... se la sente di venderlo?"

Non ci fu nulla di meglio che uno slogan ispirato a una poesia di Emily Dickinson per convincere Anne e le veterane ad allestire un set dentro il supermercato, dove scattare Polaroid da regalare ai clienti come souvenir di un acquisto felice o come indiscreto e complice strumento per ratificare incontri amorosi. In ogni caso fu un successone, il narcisismo si rivelò un tasto sensibile anche negli insospettabili e il cliente firmò il contratto siglando implicitamente il rinnovo del mio.

Allestimmo il fondale bianco in un angolo tranquillo, gli aspiranti allo scatto aspettavano il loro turno sistemati su una fila di seggiole di plastica, mentre l'altoparlante diffondeva canzonette: non ci fu bisogno di insistere, furono in molti a mettersi in posa, e proseguimmo fino alla fine delle ricariche.

Questa è, più o meno, la cronistoria del mio primo impiego. Non pensavo di ricordarne in modo così nitido i dettagli. Per colpa del CV, il film della mia vita sta emergendo dalla penombra. Un buon motivo per trattenermi ancora un poco è che il soppalco si sta riempiendo di musica. Appoggio la fronte sul vetro appannato. Dalla finestra filtra uno spiffero gelido. La città, là fuori, è incorporea. Immagino Manuel nella cucina sul retro mentre appoggia sul giradischi *A Day in the Life*, della premiata ditta Lennon-McCartney, e diffonde poesia fin quassù. Tutti ci alziamo dalle nostre sedie, quelli di sotto depongono le schedine, Crapapelata batte le mani e ci mettiamo a ballare.

Seri e concentrati sui nostri passetti da dilettanti.

Lui

Fosse stato meno timido, sarebbe andato al punto ascolto clienti e avrebbe chiesto all'addetto alla musica del supermercato: "Scusi, per quale motivo avete scelto questa canzone e non qualcosa di più nobile, chessò, *A Day in the Life* dei Beatles o la *Suite n. 1 per violoncello* di Bach che in alcune zone del Sud Italia viene fatta ascoltare alle bufale come propulsore per la produzione di latte, quindi si può tranquillamente considerare un brano che regala emozioni certe e non negoziabili?".

Fosse stato meno introverso, avrebbe intavolato una discussione con gli addetti al marketing per capire se il sapore dei pelati sarebbe dipeso dalle note che guidavano il movimento del braccio della signora bassina che, sollevata sulla punta dei piedi, cercava di afferrare proprio *quella* confezione su un ripiano alto il triplo di lei.

«Me lo passa, per favore?»

«Lasci, signora, la aiuto io. Ecco fatto.»

«Grazie, giovanotto. Lei è un vero gentiluomo, ormai ce ne sono rimasti pochissimi.»

"Giovanotto" – ormai la usavano solo persone di una certa età – era una parola da segnare sul quadernetto. Non aveva perso il vizio e, poi, nessuno lo aveva mai definito un "gentiluomo". Abbastanza per cambiare umore e fare la spesa sul serio, adesso.

Un gentiluomo non può restare impassibile ascoltando

strofe idiote come "*Qué bonito es el amor, más que nunca en primavera, que mañana sale el sol porque estamos en agosto*", e per mettere fine a quello scempio acustico avrebbe voluto fiondarsi al punto ascolto clienti e chiedere: "Ehi voi, dove avete sepolto il buonsenso?".

Magari lì davano consigli alle particelle solitarie come lui. Sempre che in quel supermercato fosse esistito, il punto ascolto clienti, e se lui non fosse stato così refrattario agli hangar a dieci corsie dove perdeva l'orientamento. In effetti il supermercato dove girellava da mezz'ora aveva un aspetto quasi umano, era poco più grande di una bottega – col vantaggio che poteva usare il carrello come un monopattino – e, poiché c'erano un sacco di offerte 3x2 o 4x8 ovunque si voltasse, sembrava che ci fosse in qualche modo da guadagnarci.

Di solito davanti alla quantità della merce Diego si paralizzava. Quando gli toccava il turno della spesa sceglieva i negozietti sotto casa. Ogni giorno acquistava lo stretto necessario per la sera e la colazione del giorno dopo. Per il pranzo c'era la piccola mensa autogestita dello studio: una stanzina dove si mangiava tutti insieme. Nella microcomunità dell'appartamento che condivideva con i suoi due colleghi del settore diritti dello studio legale, si occupava di altro: lavava i piatti, rifaceva i letti, preparava la tavola, una volta al mese lucidava i vetri con la carta di giornale appallottolata, stendeva la biancheria dopo aver svuotato la lavatrice. Piuttosto che fare la spesa, stirava per tutti.

A casa, in quel periodo infernale che durava ormai da troppi mesi, ci stavano solo la notte, dopo avere passato ore rinchiusi in ufficio anche nei fine settimana, per la stesura di un contratto dal quale, stando al *dominus*, dipendevano non solo i loro stipendi ma anche i loro prossimi anni lì dentro. Diritto d'autore internazionale era diventata la sua specializzazione: poca fatica e niente anima, non rispondeva esattamente alle sue aspirazioni, ma quell'incarico aveva almeno archiviato i desideri del padre che lo voleva in studio con sé.

«Non mi piace il penale, i delitti non mi interessano.»

Niente fisica, però. Quella era rimasta la distrazione, il passatempo. Un nascondiglio dove sfogare la sua nevrotica ricerca di perché. Il suo rapporto con il cibo, invece, restava vago, la sua modestia gastronomica così evidente che, per superare il complesso di inferiorità, entrato al supermercato per comprare un pacco di pasta troppo spesso ne usciva con forniture ventennali di fazzoletti di carta, confezioni di dentifricio in offerta con abbinato lo spazzolino, cespi di insalata, mozzarelle, confezioni di pancarré, cornflakes, cartoni di latte... e puntualmente finiva che l'insalata anneriva in frigo, il latte cagliava e la mozzarella avvizziva. Insomma, non era il tipo adatto, perciò nelle rare volte in cui gli toccava il turno, divagava. Uno psichiatra avrebbe sentenziato: "Questo ragazzo rifiuta il nutrimento essenziale, non si prende abbastanza cura di sé".

Quel giorno, però, la spesa era strategica: i suoi coinquilini Alice e David (che facevano coppia da un semestre) avevano stabilito che era arrivata la fine del suo perdurante celibato e avevano invitato a cena Mathilde, la neoassunta, convinti che fosse perfetta per lui. Roba da adolescenti alla quale non era riuscito a ribellarsi, ma con Alice e David in studio era una simbiosi, come se ognuno di loro tre prendesse in prestito il cervello dell'altro avendone il permesso. Non poteva deluderli, così aveva acconsentito. La sua vita sentimentale, però, era un disastro. Diego dava molta (troppa, dicevano alcuni) importanza alla qualità delle relazioni umane e questo lo rendeva eccessivamente selettivo, col risultato che alla fine rimaneva sempre solo come un cretino. Sempre, prima o poi, se ne andavano. Per stanchezza, disperazione o perché erano finite le parole.

C'era chi scambiava questo aspetto del suo carattere per snobismo. La verità era molto più semplice: Diego si considerava un disadattato che in quel campo si bloccava facilmente, quando si sentiva solo avrebbe voluto avere compagnia e quando era circondato dalla folla sentiva il bisogno di isolarsi. Per lui l'innamoramento era la cosa più pericolosa del mondo: non si sapeva di chi ci si innamorava, non si sapeva se l'altro si sarebbe innamorato.

Poteva essere un dono del cielo oppure un pacco bomba. Era anche convinto che a un certo punto di ogni sua storia le donne non ne potessero più di lui. Il suo fare impacciato all'inizio le inteneriva, poi le innervosiva, alla fine le insospettiva e le faceva arrabbiare. Per come era messo, più che partecipare a una cena avrebbe fatto prima a frequentare l'Anonima Timidi e a trovarne una introversa e complicata come lui.

Per essere sicura che non si dimenticasse niente, Alice gli aveva scritto una lista dettagliata.

Al banco del pesce due donne sui trentacinque-quarant'anni parlavano di offerte, di quello che costava di meno e quello che costava di più con perizia da professioniste del fresco, il che lo fece sentire ancora più imbranato.

Uno che nella vita non sa fare la spesa non potrà mai essere felice, pensò sconsolato, soprattutto quando non sa approfittare della sua incapacità per agganciare qualcuno allo stesso banco.

Era già in ritardo, Alice aspettava a casa: entro poco più di un'ora la messinscena casalinga sarebbe cominciata.

Si affrettò verso la cassa.

In un angolo del super, non lontano dal reparto carni, era stato allestito una specie di set fotografico. Una folla assisteva allo spettacolo, i figuranti aspettavano pazienti seduti sulle sedie sorseggiando del tè distribuito da giovani hostess in bicchieri di plastica.

Diego ne approfittò per deviare nella corsia di lato e dirigersi alla cassa appena aperta, ammassando in pericolanti architetture i propri acquisti sul nastro trasportatore.

Le 03.08 p.m.

Mi basterebbe socchiudere la finestra, allungare una mano e fare breccia nel muro di fiocchi che vorticano sempre più fitti. Il davanzale è sgombro, anche gli uccellini, gonfi di cibo, hanno terminato la pausa pranzo, ed è come se si fossero levati un peso e potessero di nuovo andare nel mondo. Dovrei prendere esempio da loro, ecco.

BAM. Testa piena di pensieri rumorosi. Il monito dei volatili cade nel vuoto.

Ci sono momenti in cui è troppo bello guardare la vita che scorre fuori dalla finestra e starsene defilati nel rassicurante tepore delle retrovie mentre nelle stanze inospitali della Breston&Partners tutti si agitano. Almeno, credo.

Ho un alibi di ferro e la vitalità di un bradipo, e persino di sotto è scesa una quiete sazia e sonnolenta. Manuel passa lo straccio sul bancone, poi sciacqua e impila le tazze tra l'acciottolio delle stoviglie, apre e chiude il frigo alle sue spalle e certo pensa che mancano poche ore alle vacanze. Crapapelata dev'essere andato in dispensa, ché da qui non lo vedo e muoio dalla voglia di sapere cosa c'è nel retro del bar, chi cambia i cd (o i vinili?) e sceglie la musica che quassù arriva come un mantello di note e non ha niente a che vedere con l'arredamento. Crapapelata, dj da bar tabacchi, ama i Beatles e non i Rolling Stones, e dev'essere affezionato alle parole visto che alterna Tom Waits a Bob

Dylan e a chansonnier francesi che piacerebbero un sacco alla nonna. Grazie alla musica tengo alla larga il mondo esterno e, sarà per la neve che ottunde tutto, sarà che inizio ad affezionarmi a questo nido sospeso nel tempo, ma ho proprio la sensazione che qui le cose accadano come per incanto: ho il cervello in subbuglio ma sono diventata più calma. Un'asociale che prova a guardare in faccia le sue paure: Olivia, quello che è capitato a te può capitare a tutti, non sta crollando il mondo, nulla è irreparabile, tu hai un potenziale diverso e unico, da oggi puoi rinascere e ciò che eri fino a stamattina non preclude la possibilità che tu diventi qualcuno di totalmente diverso domani. E poi ricorda: "Per tirare fuori gioia dalla vita occorre tempo", come si diceva in quel film. È così che si fa, oh sì, e se sarò costante in questi saggi pensieri nell'arco di una settimana sarò in grado di organizzare corsi di autostima.

Nemmeno il tempo di godermi beata la quiete, che arrivano ospiti. Accidenti. Un uomo e una donna. Sulla cinquantina o giù di lì. Lei incede con passo marziale su un paio di stivali con il tacco quadrato, ha le labbra ritoccate da un chirurgo irresponsabile e le sopracciglia come lame tracciate a pennarello. Lui ha una barbetta caprina, dei ciuffi grigi sulla testa, le borse sotto gli occhi e l'aria minuscola e timida di uno che si sente con le spalle al muro. Soggetti da fotografare per la nuova serie *Coppie da bar tabacchi*.

Olivia, fatti i fatti tuoi. Concentrati sulle liste, dài.

Sbircio solo un poco.

Lei adesso sbuffa, getta l'ombrello fradicio per terra, si toglie il castorino e il tamburello – come quello di Jackie Kennedy a Dallas, decisamente fuori luogo in una giornata simile – e li appoggia sulla sedia. Indossa un abito di jersey color melanzana e, mentre chiede al suo accompagnatore: «Cosa prendiamo?», irradia ostico gelo. Giuro che è così. Non a caso lui si posiziona a distanza di sicurezza sulla sedia di fronte e si concentra sul menu in un delicato contrarsi di narici. Ecco due cuori intirizziti che un giorno hanno deciso di mettere a repentaglio le loro monotone vite da single e unirle "nella buona e nella cattiva sorte". Procrastino la discesa al bancomat (temo di aver virtualmente già speso tutti i miei averi, lascerò in ostaggio la scatola) e mi infastidisce il tono imperioso con cui la signora chiama il *mio* cameriere, che è impegnato in un serrato dialogo con la vecchietta della schedina 10-12-19-30-85-90 e con infinita pazienza le sta spiegando che, se proprio vuole giocarne una nuova, le conviene cambiare la sestina. Oh Manuel, farti scivolare il mio curriculum in tasca, debuttare al tuo fianco come assistente e offrire numeri alle vecchiette potrebbe rivelare sorprese persino a me che di signore anziane me ne intendo.

Gli amanti-forse-coniugi-magari-solo-parenti optano per due caffè e sono così ostili con quel santo di Manuel che persino Crapapelata solleva il testone.

«Manuel, ci sono dei clienti» dice.

«Anzi no» fa lei, «magari è meglio un tè? E tu cosa prendi? No, no, ci ho ripensato, in un posto così scadente non possiamo che prendere un espresso veloce.»

E allora cosa ci sei entrata a fare in un posto "scadente"?, mi viene da chiederle, sentendomi d'ufficio parte lesa in nome e per conto di Manuel che, mansueto e col solito sorriso (ma come fa a essere così tollerante?), acchiappa il tovagliolone di stoffa e sale spedito. Non immischiarti, Olivia, che Manuel se la cava benissimo da solo e nessuno ha chiesto il tuo parere.

«Facciamo il punto» dice la signora. L'amante-forse-coniuge-magari-solo-parente accenna a un pallido movimento di labbra che, visto da qui, somiglia a un assenso. Allora lei estrae un foglio dalla borsetta e lo distende sul tavolino e io, per un attimo, la sento affine: anche lei alle prese con il curriculum, signora? La coincidenza sarebbe eclatante, però la prego: siamo già insidiati dalla concorrenza dei coetanei, se vi ci mettete pure voi a cercare lavoro... per noi è la fine.

Non ha i modi di una che lavora e tu sei monotematica, Olivia.

È solo che anche a lei piacciono le liste, infatti agita vistosamente una biro in aria e inizia la spunta a voce alta.

Perciò ascolto:
Antipasti misti √
Tortini monoporzione √
La mousse di tonno e il salmone li porta Amanda
Olive verdi e nere √
I formaggi √
Alla pasta ripiena ci pensa la zia che è la sua specialità
Con salse e marmellate siamo a posto
Mancano: l'oca e il tronchetto di Natale.

La signora è un turbine. Lui, un resiliente magro che più magro non si può, la lascia parlare e tutte quelle calorie sembrano non riguardarlo. Scuote la testa e si capisce anche da qui che ne ha viste di peggio, che è abituato a quelle macchinose conversazioni e che il suo è un cenno di buona volontà. Forse più che l'essere innamorato gli manca l'essere amato, e magari sta pensando: "Ecco, è a questo che ci riduce il Natale, che domani andiamo dai miei e giovedì dai tuoi, un elenco di cose buone da mangiare, una trattativa commerciale su come sistemare sulla scacchiera i parenti che vediamo una volta all'anno, con i quali sminuzzare le briciole della nostra solitudine". Certo starà anche pensando che questa è una normalissima mezz'ora delle loro vite come ce ne sono state tante altre, e che non è opportuno per lui iniziare a ribellarsi proprio adesso, che alla fin fine si tratta solo di bere l'espresso che Manuel sta posando con la solita, inimitabile grazia sulla tovaglia, senza interrompere il monologo di miss Tamburello.

Terminata la lista, tira fuori un sacchetto dalla borsa e prosegue con «speriamo che le piacciano sti guanti, potevamo sforzarci di più».

Inspiri ed espiri, signora, e vedrà che si sentirà subito meglio.

Manuel riscende le scale, ma prima si volta a guardarmi e solleva educatamente lo sguardo al soffitto. Il suo è un lavoro che richiede pazienza, duttilità e discrezione perciò non può permettersi commenti sui clienti con gli altri clienti, anche se dalla sua espressione si capisce che li farebbe volentieri. L'amante-forse-coniuge-magari-solo-parente prende un sorso dalla tazzina e, con una voce profonda che nulla ha a che vedere con l'espressione accigliata del suo viso, rompe il silenzio: «Lisa, i guanti andranno benissimo».

Credo che sia così abituato a tenere per sé le sue opinioni da essere impressionato per la loquacità che la caffeina scatena in lui.

Sto involontariamente assistendo a un negoziato a senso unico nel quale lei ha la meglio e lui usa la tattica del consenso per tacitarla. Mi diverto un mondo, anche se dovrei smetterla di spiare il prossimo ostinandomi a cercare intorno a me cuori perfetti.

Non esistono, nonna, c'è sempre qualche crepa, un pertugio che ne incrina la perfezione e poi, lascia che te lo dica proprio oggi che – perdonami – hai praticamente deciso di scansarmi, tu davi ai sentimenti un'importanza esagerata: non avevo ancora iniziato le elementari che già annunciavi, con l'aria di saperla lunga: «Poi un giorno ti innamorerai, Olivia. Ne vedremo delle belle».

Non ne ho ancora viste di bellissime, in quel senso, ma nonostante la mia episodica sfiducia nella possibilità di interagire in modo paritetico e soddisfacente con i maschi, la mia convinzione nell'accezione positiva della parola "sentimenti" non è ancora scaduta.

Una sfida all'evidenza.

Sul tavolo della mia scialuppa, lo schermo dell'iPhone si illumina come una lampara e insiste a ricordarmi che ho dei messaggi non letti.

Sarah scrive:

03.01 p.m.
Ovunque tu sia e quale sia la ragione per cui non ti degni di rispondermi, sappi che: a) ti devo parlare; b) basterebbero pochi secondi; c) non è da te; d) ti voglio bene anche se mi stai seriamente facendo preoccupare e con tutti i casini che ho già non mi sembra una buona idea. S.

Lei sa come attivare il mio senso di colpa. Ma come faccio a raccontare in sintesi la magia di una soffitta dove gli scontrini mandano messaggi poetici e i camerieri sono laureandi in economia; che sto rivedendo al ralenti tutta la mia esistenza; che ho iniziato una nuova serie di Polaroid e che:

a) con te non so mentire;
b) è sciocco inventare bugie che smentirò tra poche ore;
c) detesto le abbreviazioni e riassumere una scelta ascetica è davvero complicato.

Che sono infelice lo capirebbe dal tono della risposta, dall'incrinarsi della voce, dalla fretta sottesa alle mie parole.

03.17 p.m.
Finita in un bar. Ti chiamo tra pochissimo. Olli.

Ecco fatto.

Vorrei aggiungere: "Ti voglio bene per il tuo esserci sempre, sei l'unica che mi fa pensare che saremo amiche anche da vecchie", ma da questo miele non richiesto spunterebbe la domanda:

In un bar a fare cosa a quest'ora?

ADDETTA STAMPA PRESSO HASTINGS&SONS

I ventinove anni sono un'età pericolosa.

Hai il sospetto di essere fuori tempo massimo per alcune cose e in netto anticipo per molte altre. Intorno ai nostri rispettivi ventinove, Sarah e io abbiamo lavorato nella stessa agenzia per il periodo del mio contratto in sostituzione di maternità. Ovviamente speravo di entrare stabilmente a fare parte dello staff, allora pensavo "Se ti fai apprezzare per le tue doti qualcuno ti noterà", ma mentre il rumoroso open space dei grafici, dei webmaster e dei copywriter andava alla grande, quello della comunicazione era saturo e, quando la scriteriata neomamma dopo soli nove mesi tornò magra e scattante alla sua scrivania, riuscii a strappare soltanto una miserevole collaborazione per scrivere testi da casa.

In quei mesi, invece, l'amica delle amiche ha fatto l'*en plein*: si è innamorata, è rimasta incinta e poche settimane dopo aveva l'anulare sinistro occupato da una fede. A me è successo più o meno il contrario e tra le nostre vite – fino a quel momento simili – si rischiò la voragine.

Ecco, se avessi percorso un'altra strada adesso avrei accanto anche io qualcuno di cui fidarmi ciecamente, se avessi studiato meglio le materie scientifiche sarei come minimo medico, fisico, chimico, invece di baloccarmi con questi lavori piacevolmente inutili, se, se, se... ma poiché non va mai come vorremmo, allora tanto vale seguire le proprie inclinazioni.

E l'ho fatto anche se, proprio a ventinove anni, mentre Sarah andava incontro al suo Destino, io mi stavo sfracellando. In amore avevo già preso le distanze dall'illusione "Se ti fai apprezzare per le tue doti qualcuno ti noterà", ma ero ancora sicura che prima o poi sarei inciampata nella persona che avrei sempre voluto incontrare. Il mio genere preferito sono sempre stati gli uomini capaci d'amore, tutti gli altri tendo a scartarli il più velocemente possibile. Certo, preferirei che non passasse un'eternità tra l'uno e l'altro e l'ultima volta che ho baciato in modo convinto un ragazzo è stato sul pianerottolo di casa, in tempo per sentirmi nella testa la voce della nonna che sconsigliava di farlo entrare. Diciamo che in amore rischio il blocco alla fase "vediamo cosa succede" anche quando vorrei buttarmi e magari approfondire abbastanza presto. Sono esigente. Non tollero quelli che, mentre fingono di chiederti chi sei, come ti senti e simulano interesse per le tue risposte, ti hanno già appoggiato una mano sulla coscia, non cerco qualcuno che usi la parola "rassicurare" e non mi piacciono quelli rassicuranti, perciò, nell'anno di sostituzione maternità, inciampai in Leo, che "creava" nell'ufficio accanto al mio. Sezione grafici che se la tirano da artisti.

Fu una relazione ad ascensore che finì rovinosamente davanti a un ascensore: non ci vedevamo più di tre sere alla settimana e non sapevo cosa facesse nelle altre quattro; un giorno era pazzo di me, quello successivo stava muto perché, a detta degli amici, in fondo era "un introverso"; insomma, la nostra era una storia a elastico, altalenante, di quelle che durano perché le vuoi far durare a tutti i costi. In breve: quando mancavano solo poche settimane al ritorno della neomamma, l'ho beccato mentre baciava una biondina dai capelli cortissimi (e a me diceva che adorava le chiome) in ascensore. Ancora poco e non l'avrei visto, ma poiché il Destino non è un'invenzione di maghi e ciarlatani, quella visione fu la goccia fatidica, l'umiliazione definitiva dopo i balbettii (suoi) e le lagne (mie), per me che sono cocciuta e fedele per una naturale propensione alla pigrizia. Un attimo prima mi sentivo fortissima e un momento dopo, al primo bastardo che mi tradiva spudoratamente, diventavo una larva da compatire perché sceglievo sempre gli uomini sbagliati.

Ignorai per un po' i fatti con fideistico ottimismo: lei-non-conta-lui-ama-me, ma nonostante il mio incrollabile bisogno di non conoscere la verità, spremere amore da quel narciso si rivelò un'impresa titanica.

Malgrado l'affronto, non riuscivo a lasciarlo.

Almeno in amore posso definirmi una dipendente, anche se ogni volta ricomincio con lo stesso entusiasmo perché ogni volta che amo spero che duri. Anzi, sono certa che durerà.

In totale, tra tira (miei) e molla (suoi), io e Leo abbiamo passato quasi sette mesi insieme e ne ho impiegati altrettanti per decidere di non innamorarmi di nuovo, dopo giorni a pensare a lui, notti a piangere sul cuscino, sognarlo quando riuscivo ad addormentarmi, cercare di incrociarlo nei corridoi per una evidente forma di masochismo, scapicollarmi all'ascensore sperando di salirci con lui, salvo pentirmi se poi succedeva. In buona sostanza, a rendermi ridicola con chi sapeva tutto (l'agenzia al completo).

Quel periodo del mio excursus è coperto da omissis e nel CV è condensato in una riga: "addetta stampa junior presso l'agenzia pubblicitaria Hastings&Sons".

Chiesi a Leo un ultimo incontro, genere "l'ultima sigaretta per il condannato". Ultimativo. Lo chiesi con voce ferma ma dolce, e senza perdere un grammo di calma.

Fu uno strazio.

Davanti ai suoi «Ti voglio bene come un'amica speciale»; «Sì, io voglio stare con te, sei una delle poche persone con cui riesco a parlare di tutto»; «Con te sto da dio e sono preso anche sessualmente, ma... NON SENTO vibrazioni e tu meriti di più», mi ero sentita mancare. Essere mollati perché mancano le vibrazioni non è umiliante, è da idioti e questo fa più male dell'abbandono più feroce o dei baci (ad altre) sugli ascensori. Leo stava usando parole non sue, parlava per sentito dire, però aveva ragione e cioè non provava quella sensazione che gli psicoanalisti chiamano "transfert" e i poeti "innamoramento". Insomma, non era colpa sua. Solo avrebbe potuto usare un linguaggio più articolato.

E non dirmi: «Voglio che restiamo amici».

L'ascensore era stato un luogo-coincidenza, un "passavo di lì e per caso l'ho scoperto". Un ammonimento.

Leo non è l'uomo per te, Olivia. Punto.

Bruciava, però.

Davanti alla patetica scenetta da telefilm (si baciano sempre in ascensore, in *Grey's Anatomy*, per esempio) avrei potuto ignorare il messaggio.

Tirare dritto e fare finta di niente.

Avrei potuto fare una piazzata davanti a lui e alla tizia traumatizzandoli. Avrei potuto salire sull'ascensore. O dirgli che il mio cuore richiedeva manutenzione.

Invece.

Ero andata nel bosco. A scegliermi un albero.

Stavo così bene appoggiata contro la corteccia robusta del faggio, avvolta da una pioggia di fogliame rossastro! Gli avevo scattato una Polaroid. La foto era sgusciata fuori dalla fessura. Bianca.

"Scattane un'altra e appoggiala sul cuore, al caldo."

Le Polaroid sono come le persone, hanno bisogno di affetto e se la temperatura esterna è troppo fredda si rifiutano di nascere. L'avevo messa sotto il cappotto, mi ero seduta sul prato spelacchiato, avevo chiuso gli occhi e, con la schiena salda contro l'albero-guru, avevo infilato le dita nella terra e sentito colarmi addosso i raggi di quel tenero sole invernale. Come nei titoli di coda di un film di Rohmer. Tornata a casa avevo tirato fuori la Polaroid dal suo rifugio caldo e il faggio era lì, col suo tronco massiccio e perfettamente a fuoco. Ero acciaccata, rotta dentro, mi ripetevo: "Passerà, Olli, passerà" e sotto sotto sapevo che sarebbe passata.

Prima o poi tutto finisce, no?

Qualche giorno più tardi, avevo scritto a Leo una lunga lettera. Raccomandata senza ricevuta di ritorno.

A poche ore dalla scadenza del mio contratto e a tre settimane esatte dalla patetica scenetta dell'ascensore, me l'ero ritrovato di nuovo davanti, il corridoio era talmente stretto che non era stato possibile schivarlo.

Non aveva osato alzare gli occhi su di me. Così mi ero piazzata davanti a lui, gli avevo stampato un bacio in mezzo alla fronte, gli avevo augurato buona fortuna e l'avevo lasciato dritto come uno stoccafisso sul pianerottolo della Hastings&Sons. Lui era rimasto muto e sbalordito e si era toccato con le dita il punto in cui l'avevo baciato.

Non sei capace di mentire, eh?

Il dopo Leo è stato un brusco ritorno alla vita da single, il lungo intervallo della solitudine creativa che riempivo con la traduzione di un manuale sulle diete più famose nel mondo – l'alibi perfetto per chiudermi in casa a digiunare e piangermi addosso in santa pace. In quel periodo ho iniziato il volontariato alla casa di riposo per musicisti e smesso di fare previsioni a lunga scadenza, e ho persino pensato (per qualche ora) che non è vero che tutto ha un senso: ci accadono eventi che non hanno a che fare l'uno con l'altro e che sono collegati tra loro in una bizzarra successione guidata dalla casualità.

Un po' come miss Tamburello che, terminata la lista-leccornie e bevuto il suo espresso, fruga nella borsetta con aria nervosa. Poi inizia ad applicarsi sulle labbra il rossetto col pennello, come una disegnatrice di manga giapponesi. Lui la guarda. Si direbbe quasi innamorato. Adesso lei si alza, lui la aiuta con il castorino, lei si rimette il cappello senza nemmeno bisogno di uno specchio, infila i guanti dito dopo dito e prende sottobraccio il docile amante-forse-coniuge-magari-solo-parente che la accompagna verso la scala sorreggendola come un deambulatore.

Tenere in conto il mistero, che non è magia da imbonitori, è l'unico sistema per capire l'alchimia che lega questi due.

Mi piacerebbe sapere cosa ne direbbe la nonna che, proprio perché credeva nell'amore-mistero, tollerava qualsiasi discrepanza nelle coppie e diceva, con innato buonsenso: «Se stanno insieme una ragione ci sarà».

«Buon Natale, buon Natale» dico pentendomi del pensiero impuro: ogni amore è legittimo e certo lui ha le sue buone ragioni per starle così vicino. Lui mi sorride, lei no e questa volta non volano poesie.

Mi appoggio alla balaustra e li guardo scendere, pagare alla cassa e uscire, facendo lo slalom tra Crapapelata che spazza la segatura e una bambina con un paio di ali cucite sul vestito, una fatina da bar dalle scarpe da ginnastica con le lucine che si accendono a ogni passo, mentre gira intorno alla sedia della mamma.

Un incanto.

Incoraggiante come tutti i bambini con le alucce.

Non avevo notato che, al piano di sotto, due tavolini su tre sono occupati da una giovane donna con figli, bambini con le vocine basse, i colli incassati nel cappuccio della felpa, e lei, mamma coraggio, nonostante il via vai dei clienti non urla, non si agita, non li rincorre, sorseggia il suo cappuccino mentre culla dolcemente la carrozzina dell'ultimo arrivato che dorme con i pugnetti alzati. Visti da qui sono un gruppetto di cuori disciplinati a cui urge scattare una Polaroid, mentre mi ricordo all'improvviso che devo ancora comprare il regalo per il figlio di Sarah (e per lui farò un'eccezione: non so fabbricare giocattoli).

Sarah si è sposata incinta a ventinove anni e sette mesi.

Vomitava dal giorno della prima ecografia ma questo non aveva tolto alla sua gravidanza l'aura di romanticismo nel quale era immersa. Nell'arco di pochi mesi aveva smesso di fare discorsi da adulta. Era passata da apprezzati claim pubblicitari a riflessioni sulle possibili sfumature del tulle per l'abito di nozze, descriveva nei particolari l'ultimo modello di passeggino con cui avrebbe fatto jogging col neonato, dichiarava che lo avrebbe allattato per almeno un anno e passava il resto del tempo a guardare le spose sulle riviste specializzate. Insomma, si comportava come se volesse a tutti i costi essere una persona felice perché aveva trovato le scarpe e il vestito perfetti, ma era *già* felice e ci autorizzava a pensare: "Allora è possibile davvero".

Per fidanzarsi erano bastati ventisette minuti, pari a un ciclo completo lava-asciuga alla lavanderia sotto casa, e un monolocale talmente mono che l'aveva costretta a scegliere tra il ronzio della lavastoviglie e quello della lavatrice.

Più ospitale di un bus, più promiscua di un bar o di una festa, più efficace di un'aula universitaria o di un ufficio, la lavanderia si rivelò uno dei luoghi più adatti per trovare un fidanzato. In breve: Sarah aspettava davanti all'oblò dell'asciugatrice 17; il suo futuro marito, fresco ingegnere con posto fisso, era alla 18 e le fu grato quando lei gli spiegò il segreto per lavare il piumone, prestandogli il suo ammorbidente.

Questo *è* il Destino, che accade quando i tasselli del puzzle si incastrano senza snervanti forzature. A me non sarebbe mai successo, perché anche se uno mi piace da impazzire penso sempre di avere bisogno di tempo, che ci devo parlare e magari ballare un lento, e fino a oggi non sono mai stata travolta dall'"adesso tutto e subito". È come se aspettassi sempre la vocina della nonna, che su Leo ci aveva azzeccato anche se io non le avevo dato retta.

Da ex single-indipendente-lasciate-fare-a-me, Sarah ci aveva coinvolte nella preparazione del suo matrimonio. Silurate mamma e futura suocera, le sue furono nozze di gruppo, organizzate da noi amiche single, zitelle senza esperienza e piene di scoppiettanti idee. I famigli vennero lasciati fuori, suo padre seguì la tradizione limitandosi a finanziare l'evento con un discreto budget. Nonostante Sarah riuscisse a malapena a mantenersi in posizione eretta giusto il tempo di dire "Sì lo voglio" e faticasse ad ascoltare con la dovuta attenzione il sermone del celebrante, il suo fu un matrimonio pieno di scherzi e momenti ad alto tasso di commozione, e poi fu il primo del gruppo di amiche-quasi-sorelle, organizzato con quella punta di cialtroneria che si deve alle novità assolute. La cerimonia civile durò dieci minuti comprese le firme dei testimoni, ma rimediammo alla sobrietà del rito con una festa all'aperto nel giardino del villone prestato da un'amica di famiglia.

Dall'addobbo dei tavoli – un trionfo di tovaglie di lino e camelie in omaggio alla passione di Sarah per *La Traviata* che contraddiceva il suo proverbiale razionalismo – alle candele alla vaniglia, fino all'impietoso elenco "questo sì" "questo no" per gli invitati, quel matrimonio fu tutta farina del nostro sacco. L'ingegnere innamorato si limitò a presenziare accudendo la quasi-mamma in modo impeccabile, ma standoprudentemente fuori da tutto il resto.

Il regalo di noi quattro damigelle, rimasto segreto fino all'ultimo, fu apprezzatissimo: proposi di noleggiare un vecchio biplano che, volando a tremila metri, avrebbe sputato dalla coda una poesia. Avevo impiegato settimane per convincere le altre contrastando il loro saggio senso pratico, che comprendeva frasi come "aspettano un bambino", "hanno bisogno di tutto", "meglio qualcosa di utile", "è un regalo effimero" e via dicendo, ma alla fine quella frase lanciata nel cielo meravigliò tutti: sposi e invitati che guardarono all'insù eccitati come ragazzini.

Dopo il pranzo e l'aereo, noi quattro recitammo a canone il nostro secondo regalo, palleggiandoci i versi in un omaggio d'autore alle lavanderie a gettoni.

Chi mai amò senza amare al primo sguardo

Non è in nostro potere amare o odiare,
poiché la nostra volontà è il fato a dominare.
Quando due atleti si spogliano prima che la corsa inizi,

ci auguriamo che questo perda e quello vinca;
e uno in particolare preferiamo
di due lingotti d'oro, in tutto uguali.

La ragione non la sa nessuno, ma il fatto è questo:
quel che guardiamo sono gli occhi a valutarlo.
Se questi ponderano, l'amore è tardo:
chi mai amò senza amare al primo sguardo?

Le probabilità di trovare marito alle nozze altrui sono bassissime, molto inferiori alla possibilità di ubriacarsi, rovesciarsi addosso liquidi indelebili o finire sotto un tavolo a piangere. Infatti il destino si rifiutò di assecondare i nostri piani quando noi, aspiranti ad analogo matrimonio, ci fiondammo tutte e quattro come condor sul bouquet della sposa.

La ragazzina che lo aveva afferrato prima di noi venne fermata con una certa aggressività: «Ehi bambina, sei troppo giovane, non ne hai ancora bisogno, fatti più in là» le dissi gridando. Il lancio venne prontamente ripetuto da un'agitatissima Sarah, come fosse il secondo ciak di una romantic comedy.

Niente da fare: il bouquet finì dietro un cespuglio.

Un pessimo segnale.

Lui

C'è chi sostiene che i matrimoni siano il posto ideale per trovare l'anima gemella e che questo accada per emulazione o per inconscia identificazione con i protagonisti. Ai matrimoni siamo tutti più belli e più eleganti e possiamo farci contagiare dal senso di responsabilità, dall'austera padronanza di sé irradiata dagli sposi, dall'unità della nuova famiglia i cui membri sono sempre radiosi e sicuri che durerà per sempre. Ai matrimoni ci ubriachiamo legittimati dalle circostanze e nessuno se la prende più di tanto se si eccede.

A quelle nozze Diego ci era andato per accontentare Mathilde, «tanto la cerimonia va via in pochi minuti e poi sarà come andare a una festa, lui è un mio ex vicino di casa, abbiamo passato anni a giocare insieme nello stesso cortile, l'ho rivisto mesi fa e mi ha invitata al suo matrimonio, e poi non abbiamo niente di programmato per sabato».

Nelle questioni d'amore tutti i posti scottano e il matrimonio di due ragazzi, anche se non ne conosci la biografia, può scottare più di altri e incoraggiare decisioni che fino a un giorno prima non avresti mai saputo prendere.

Durante la cerimonia Diego si era tenuto a distanza, la sala matrimoni era piccola e fortunatamente c'erano ospiti più intimi di lui nelle prime file. Al pranzo li avevano assegnati al tavolo "misto", quello dove sistemano chi non ha rapporti stretti né con lo sposo né con la sposa – dunque nemmeno troppe responsabilità relazionali – insieme a tre adolescenti annoiati e a due signorine di una certa età, Clara e Brigitte, che era come stare a tavola con le sorellastre di Cenerentola.

Parecchie ore dopo e prima del taglio della torta, Diego si era allontanato a fumare. Gli alberi si scuotevano le foglie di dosso, il cielo era di un azzurro incredibilmente pallido, disturbato da un'unica nuvoletta che aveva volteggiato sopra le chiome col suo gonfio ripieno di acqua e vapore e, come per magia, in perfetto sincrono con l'uscita degli sposi, aveva tolto il disturbo, lasciando posto a un piccolo aereo che, tra acrobazie, scrollatine e giravolte, sputava una scia di lettere dalla coda.

Frasi di fumo bianco, destinate a sfibrarsi fino a scomparire.

Amami e basta!

Sintetico e perentorio.

Mathilde lo aveva raggiunto. Guardava all'insù verso il poetico biplano. Gli sposi erano a pochi metri da loro. Lei era vistosamente incinta e lui le accarezzava il ventre.

Diego sentiva le dita di Mathilde intorno al braccio e pensava: "Questi due non hanno paura di niente. Questi due non controbilanciano, la loro unione non ha crepe, e quando arrivi a *quel* punto, quando ti puoi fidare di te stesso e della donna che hai con te, quando sei nudo non per scopare ma per dirle: 'Diamoci una mano per sempre', significa che hai fatto un passo verso l'assoluto. Quello e niente di diverso".

Mathilde gli aveva chiesto una sigaretta, «tanto siamo a distanza di sicurezza dalla sposa», e aggiunto: «Un aereo e una poesia, non trovi sia terribilmente romantico?».

«Terribilmente romantico» ripeteva, eccitata. E per nulla livorosa.

Anche lui avrebbe voluto provare qualcosa di *significativo*, qualcosa come rimandare indietro il nastro sul quale aveva registrato due anni e tre mesi di sogni, ritrovare *quel* momento in cui era certo che la felicità fosse ciò che era successo a loro. Invece, davanti alla felicità perfetta di quei due, iniziò a martellargli in testa un'unica frase: "Io non ce la faccio".

Qualcun altro si sarebbe accontentato, ma quella che stringeva il suo avambraccio era la mano di un'amica, di una sorella.

Non era la mano di un'amante.

«A volte sembri ostile ai buoni sentimenti, cos'hai contro i buoni sentimenti? Davvero, sembri uno che pensa: "Ehi, mi raccomando, niente buoni sentimenti, eh?".» Glielo aveva detto una volta insieme a «Hai troppa rabbia dentro per gustare la felicità», ma anziché mortificarlo e basta quella frase lo aveva messo al tappeto. *Bisogna fare leva sui sentimenti. Solo quelli ci salvano.* Non aveva mai pensato di essere un narciso, incapace di amare perché afflitto dalla sua immagine, ma in due anni e tre mesi non era riuscito a dirle la cosa più semplice del mondo: "Vorrei che tu sognassi il mio stesso sogno".

In due anni e tre mesi, tra alti e bassi, si era ben guardato dal portarla a conoscere i suoi genitori. E si era astenuto dal chiederle: "Posso raccontarti di Andrea?". Mille volte aveva provato il bisogno di farlo e spesso era stato sul punto di lasciarsi andare, ma non si decideva mai, trovava sempre qualche scusa come se il passato fosse un ignobile segreto da chiudere a doppia mandata in un punto imprecisato del cervello, come se le parole restassero dentro di lui sepolte da una coltre di neve. Non parlare significava tenere a debita distanza la paura e il dolore. Mathilde non chiedeva ragione dei suoi mutismi improvvisi. Con lei non era stato capace di essere intero e stava decidendo di mandare tutto in pezzi.

«Hai troppa rabbia dentro per gustare la felicità.»

Poche parole scelte con cura.

Diego guardava gli sposi.

Con Mathilde era arrivato a *tanto così* da quella perfezione.

Tanto così, però, non significa *tutto.*

E mentre inseguiva la scia di quel biplano, sperava che il tipo alla guida sapesse quel che stava facendo e pensava che non aveva il diritto di rovinare tutto proprio quando gli altri sembravano al culmine. Provava un sentimento di solitudine prossima alla disperazione, ma capiva che i loro cuori erano ormai due organi chirurgicamente separati, ognuno per sé. Non erano più in equilibrio. La verità è che davvero non aveva bisogno di Mathilde. Anche quando stava con lei, era sempre da un'altra parte.

Capita.

Mathilde, sono un cretino.

Dietro di noi lasciamo scie che a volte non svaniscono del tutto.

Vorrei essere amato e riuscire a fare altrettanto.

Ho la fissa di non voler fare soffrire nessuno.

Devo staccarmi da te anche se è l'ultimo dei miei desideri e so che mi sentirò solissimo senza di te.

Questi due vicino a noi sono una scusa, una giustificazione.

Siamo lontani mille miglia, particelle ad anni luce di distanza destinate a separarsi.

Se solo fossi stato meno timido.

Come faccio a dirti che vorrei qualcosa che mi arrivi addosso come un dono, e magari un poco di magia nella mia vita, che tra noi ce n'è pochissima?

Hai sperimentato l'amore con il ragazzo sbagliato, un cretino che vive sospeso e non esce mai dall'inverno.

Sono io quello sbagliato, non tu. E poi la perfetta rispondenza non esiste, Mathilde, le forze tra le particelle modificano le strutture, producono nuovi stati della materia, ma non spiegano il mistero.

Non puoi attaccarti a un fantasma, no?

Qualsiasi cosa avesse detto, straripava di parole stonate. Avrebbe voluto dirle qualcosa di meno convenzionale, qualcosa che lei avrebbe desiderato sentirsi dire. In un altro mondo, lontano da quel prato. Avrebbe voluto riavvolgere il tempo per rifare giusto quello che aveva sbagliato. L'aveva tenuta in quarantena con lui perché il suo dolore non la contagiasse. E aveva fallito.

Alle sue spalle un fruscio, e dietro quel fruscio un cameriere brizzolato con il vassoio dello champagne. Gli sposi si preparavano a tagliare la torta. Diego scavava per trovare sinonimi. Disinnamoramento, non amore, vigliaccheria, incapacità. Paura.

Amami e basta!

Il vocabolario delle persone felici è semplice.

Lui e Mathilde, col calice nella mano destra e la sigaretta nella sinistra, erano un mistero l'uno per l'altra e ci erano voluti quei due estranei per farglielo capire di colpo, come quelle intuizioni che ti scoppiano nel cervello e ti tormentano fino a quando non hai dato loro un seguito.

Era la solita storia: vecchi timori che spuntavano quando il vortice lo prendeva alla gola e allora doveva respirare, respirare a fondo e guardare altrove anche solo per recuperare una goccia di pace.

Mathilde era davvero bella. Era seni. Fianchi. Occhi. Sorriso. Leggerezza. La adorava, gli piaceva il vestito turchese che aveva scelto di indossare quel giorno e le mani docili e calde che si erano spostate sulle sue spalle.

Adorare non significa amare.

Mathilde era sempre sicura di sé fino a perdere le sfumature. Mathilde andava all'osso, non divagava, lo amava e basta, come la frase sputata dall'aeroplano che era atterrato tra gli applausi. Quando si fermava a dormire da lui, a Diego piaceva la dolcezza della sua pelle la mattina appena sveglia, accarezzare la sua schiena muscolosa, le scapole che sembravano due ali in trappola e le fossette che c'erano sotto. Dopo aver fatto l'amore poteva stare ore tuffato nel suo odore a guardarle le pieghe del braccio che si incrociavano con i seni, e ascoltarla respirare lieve nel sonno e toccarle il viso, la bocca e tutto di lei. Se avesse dovuto scegliere, però, e avendo un'unica possibilità, tra un bacio e un abbraccio avrebbe scelto il secondo, il modo più intenso per dirle: "Resta, non lasciarmi".

E forse quello non era l'amore che si deve a una donna.

Al matrimonio di due sconosciuti che si erano appena

promessi per sempre, Diego si sentiva incapace di amare una delle ragazze più carine che avesse mai conosciuto. E stavolta non poteva mentire con la solita scusa, "ho bisogno di tempo".

Mathilde lo avrebbe giudicato una schiappa, un mollaccione codardo, il solito disadattato ipersensibile, ferito e confuso, a cui piaceva guardare ore di cinema a letto con lei ma non era stato capace di raccontarle il film della sua vita e di sciogliere il filo spinato che gli attorcigliava il cuore. Diego a parole le diceva: «Non voglio l'amore di un'altra persona che non sia tu», ma poi non si comportava di conseguenza. Anzi, *non sentiva* di conseguenza. Voleva evitarle il repertorio del "meriti di più, perdonami, no, non c'è un'altra, tu non hai nessuna colpa, nessunissima colpa, se mai fosse questione di colpa sarebbe mia, tutta mia, so che ti sto ferendo, sono un mostro di malvagità, sono il solito stronzo che sta rovinando tutto".

È che le cose muoiono senza avvisare e quando muoiono non resuscitano più. Inutile farsi illusioni.

Allora, sul prato verde calpestato dagli invitati, aveva cominciato a parlare senza cercare le parole giuste, guardandola negli occhi e appoggiando sui palmi delle mani la sua stupida timidezza.

«Mathilde.»

«Sì.»

«Voglio dirti una cosa. Devo dirti una cosa. Però.»

«Però cosa?»

Lei lo guardava dritto in faccia, fiduciosa.

«Non sono pronto. Non sono capace.»

Mathilde si era morsa la mano, aveva ridacchiato nervosa e aveva interrotto quel dozzinale discorso da perdente. Le si era incrinata la voce mentre iniziava a sparare una raffica di parole: «Mi stai mollando senza sapere perché».

Quasi fosse preparata, quasi sapesse già tutto.

«Fatti un altro goccio, Diego, stai andando benissimo. E già che ci sei, fottiti. Tu e le tue menate. Li vedi quei due? Le menate non se le fanno. Si amano, scopano e adesso si sposano perché da una di quelle formidabili scopate nascerà un bambino. Questa è la vita, Diego: amare, scopare, generare, morire. Tu non t'immischi mai, a te piace stare alla periferia. Ti fa comodo.»

Davanti a quella franchezza, Diego riuscì solo a pensare che Mathilde aveva denti bellissimi. E la invidiava. Invidiava quella giovane donna che si prendeva la libertà di piangere.

Chissà perché gli torna in mente proprio adesso, mentre esce dalla pasticceria, saluta Enrico e si avvia verso la sua nuova meta.

Le 03.57 p.m.

Il bar tabacchi è in fermento.

Ehi, un momento, chi sono tutti questi intrusi? Era un posticino così tranquillo e sta diventando un casino. Entrano, si piazzano al bancone e se ne vanno sbattendo la porta. Lo trattano come una stazione di servizio, ma per noi che ci viviamo è altro!

In questo limbo ho perso l'orientamento, sono senza bussola ma dal languorino si direbbe che è arrivato il momento di spendere gli ultimi spiccioli e la merenda è un lusso di cui non mi privo nemmeno nei momenti più neri. Ero una bambina tutta ossa e mia nonna mi metteva a dieta già a cinque anni, un regime che non prevedeva rinunce e penitenze, ma selezione, e contemplava la pausa solenne della merenda. Niente Nutella o merendine confezionate, ma panini al latte con un sottile strato di burro e una spolverata di zucchero. E poi una mela. «La silhouette» diceva, «Olli, da grande avrai una bella silhouette.» Adesso quella parola la usano solo i produttori di yogurt, ma la nonna sarebbe fiera di me: tanta frutta, tanta verdura, carne bianca. E, per la merenda, ho definitivamente rinunciato alla Nutella.

Non ho abbastanza soldi, però.

Lo sportello del bancomat vicino alla Casa della Parrucca mi lancia la muta esortazione a prelevare ed evitarmi con Manuel la figura dell'indigente o della tirchia. Grande invenzione, il bancomat! Un caso di serendipità al contrario. La leggenda dice che l'ispirazione di applicare alle banche il concetto dei distributori di snack colse il povero John Shepherd-Barron mentre era a mollo nella vasca da bagno. Peccato che la felice intuizione non lo rese ricco. Shepherd-Barron riuscì sì a convincere la banca Barclays a sperimentare la sua invenzione installando il primo sportello automatico della storia, ma si dimenticò di brevettarla.

Qualche insensibile lo definirebbe uno sfigato. Invece era solo un distratto che sul mio frigorifero ha il posto d'onore che spetta agli idealisti generosi. Quasi quasi invito Manuel al mio tavolo, gli confesso di essere rimasta a corto di spiccioli, lascio in pegno la mia scatola, scendo in onore al povero John e saldo il mio debito, ma mi sono così abituata all'odore casalingo di questo posto che l'idea di abbandonarlo anche per pochi minuti mi destabilizza.

Fino a ieri ero un tipo attivo e non saltavo una lezione di yoga nemmeno nelle giornate più buie. Dove è finita l'Olivia del "c'è una soluzione a tutto, basta saperla vedere" e del "bisogna pur cominciare da qualche parte"?

Intanto fuori è sceso il buio. La mattina sta diventando sera e non trovo niente di meglio da fare che soffermarmi a guardare dietro il vetro.

Semplicemente.

Piove, adesso. Vedo la pioggia in trasparenza nel raggio di luce del lampione. Vedo anche: un muro di auto in coda; un bus che avanza incerto col clacson a mille; un signore con l'ombrello che barcolla mentre attraversa la strada e una donna che lo aiuta a mettersi in salvo dall'altra parte del marciapiede; un ragazzino che porta a spasso un cane gigantesco sforzandosi di stargli dietro; delle figure imbacuccate che camminano tenendo sottobraccio pacchetti quasi fossero il loro unico bene; la Casa della Parrucca dove le teste mozzate sembrano in fila per un provino con Tim Burton. Potrei farci un salto, chissà mai che non ci trovi un regalo originale a poco prezzo.

Sono tutti in giro a spendere un sacco di soldi. Tutti tranne me. Oltre al figlio di Sarah, mi mancano ancora i regali per mamma e papà e la visione di mio padre in parrucca

Luigi XIV davanti ad Alma-la-stronza mi regala un fiotto di buonumore.

Il bar tabacchi emana un profumo di biscotti appena sfornati, la merenda ideale, frutto di un lavoro vero. Inutile girarci intorno: il mio ex lavoro è inutile e per di più frequento gente che fa lavori inutili, il che non aiuta. Pubblicitari, addetti alla comunicazione, scrittori, poeti, fotografi, pittori, aspiranti stilisti, artisti che non guadagnano il becco di un quattrino e tra il fascino caotico della vaghezza artistica e il burocratese da ufficio non hanno mai avuto dubbi. Precari e poveri, ma creativi. Tutta gente che abusa della parola "creatività". Invece non sono i più creativi ad affermarsi, ma i più abili, e la creatività, almeno per quanto mi riguarda, non coincide con l'abilità.

Il pasticciere sì che è abile. Lui crea con le mani, noi invece dobbiamo inventare formule per vendere anche adesso che le persone hanno sempre meno denaro per comprare. "Cosa vuole fare da grande questa bambina?" è proprio una bella domanda. Me la facessero adesso, risponderei: "la giardiniera", "la cuoca", "la panettiera", "il vigile del fuoco", "la gelataia". Cose così. Potrei chiedere a Manuel cosa ne pensa, lui che cerca la verità dei numeri e ha superato il diaframma delle parole.

Mentre lo aspetto, aggiorno le mie prospettive e continuo la lista.

COME OCCUPARE IL TEMPO
MENTRE CERCO UN NUOVO LAVORO

9 APRIRE UN BLOG

Lo fanno tutti quando restano disoccupati da un lavoro come il mio. Cosa ci scrivo, però, su un blog che poi è un diario dove racconti i fatti tuoi perché pensi che possano interessare a qualcuno e allora gli altri ti commentano e la mattina si svegliano dicendo: "Cosa avrà scritto oggi Olivia sul suo blog?". Mah. Trovare argomenti per suscitare curiosità.

10 ISCRIVERMI A LINKEDIN E METTERE IL CURRICULUM ON LINE

Il web pullula di sapientoni e io rimando da mesi. Rendere pubblico il mio misero sapere sperando di folgorare in rete qualche Direttrice del Personale non mi convince fino in fondo e c'è persino chi, data la sovrappopolazione di aspiranti, mi ha consigliato di eliminare la laurea dal curriculum, per avere maggiori possibilità di essere presa in considerazione. Ovviamente se qualcun altro si offre per lo stesso lavoro e sul suo CV compare la laurea, è molto probabile che avrà la precedenza. Per questo io prediligo le conversazioni, anche con le DRU di temperamento algido, e piuttosto che imbarcarmi in una relazione virtuale preferisco affrontare la giungla delle relazioni umane. Vuoi mettere l'effetto di una frase ben modulata, uno sguardo puntato negli occhi, mai troppa arroganza, ma nemmeno eccessi di umiltà?

Il problema è arrivarci, alle scrivanie delle DRU!

Il mio primo faccia a faccia con la Witch fu surreale, almeno alle orecchie di chi seleziona le parole come una rabdomante. Fu antipatia a prima vista, l'esatto opposto del colpo di fulmine. Mi salvarono l'urgenza (loro) e un pizzico di fortuna (mia), che ogni tanto capita. Si materializzò davanti alla scrivania già allora sgombra e imponente della Witch che, incubata nel tailleur pantaloni di lino blu, teneva il mio CV steso come un lenzuolino. Usava aggettivi prestampati; snocciolava frasi come "cerchiamo una persona innovativa, dinamica, motivata, propensa al lavoro in team, orientata ai risultati, con spiccate capacità di *problem solving*".

Non mi sentivo calzante al profilo – non sono abbagliata dall'illusione globale dell'onnipotente tecnologia, sono una ragazza del mio tempo ma ancorata alla tradizione, lavoro meglio da sola o in un team di persone che considero superiori altrimenti mi esce la spocchia, non penso mai ai risultati se si esclude quello di fare-coscienziosamente-il-mio-lavoro –, ma quella mi stava offrendo un contratto per un anno ed ero così felice che dichiarai che per me risolvere problemi era una missione. Con la voce roca dell'ubriacona, la Witch mi espose il mansionario. Quando, inebetita di paroloni, entrai nell'ufficio open space – accolta dall'addetta stampa senior che dopo una frettolosa presentazione disse: «Qui non c'è nessuno che sa scrivere, perciò ti beccherai tutti i comunicati e le cartelle stampa» –, il mio compito fu chiaro. E quando presi posto nel mio box per la prima volta, ero raggiante.

Altri tempi, nonna. Adesso pagherei per un colloquio come quello, risponderei di sì a ogni compito ingrato anche se, a dirla tutta, la B&P non mi manca per niente.

Forse per me è arrivato il momento di raccattare le mie cose ed espatriare, riempire le fila dei cervelli in fuga, ma non so fare di conto e oggi trovano lavoro all'estero solo gli analisti finanziari e gli scienziati, oppure i geni che inventano qualcosa a cui nessuno ha pensato prima. Non ho il coraggio di dire a mia madre che ho perso il lavoro e se le dico che voglio tentare fortuna all'estero mi ostacolerebbe, anche se sotto di lei ha parecchi laureati nelle mie condizioni: precari, malpagati e in perenne attesa che i baroni si levino di torno. Rifletterci.

11 IMPARARE A ORGANIZZARE UN PICNIC

Il picnic era una delle mie attività preferite con la nonna e su vasta scala potrebbe persino diventare un lavoro. Potrebbe? Verificare con piano di fattibilità.

12 COLTIVARE LA CERTEZZA CHE LA VITA CONTINUA

Si può sopravvivere a tutto, le cose si aggiustano, mentre ne cerchi una ne trovi un'altra, e a ogni problema corrisponde una soluzione. Potrei continuare per ore. L'unica consolazione che non sopporto è quando ti dicono: "Se si chiude una porta si apre un portone".

Ma sto uscendo dal seminato, e questa non è un'attività che produce reddito.

13 INAUGURARE UN GRUPPO D'ACQUISTO NEL CONDOMINIO

Potrei coinvolgere Margaret, Lidia, Luisa e pure la prostituta del sesto piano, Marta, una signora socievole di cui mi è capitato di incontrare i clienti sulle scale. Signori normali.

Infine, mentre cerco un altro lavoro, potrei andare a fare due chiacchiere con la nonna al cimitero.

Questo non c'entra con la lista, ma è un buon proposito. Nonna, ti vengo a trovare di rado e nemmeno riesco a spiegare alla mamma perché mi rifiuto di accompagnarla quando viene a sistemarti la tomba e a portarti i fiori. Concorderai con me che quel posto è lugubre persino in primavera. Sforzarsi.

Percorrere a ritroso il cammino mi riempie di ricordi e, invece che infondere coraggio, abbassa pericolosamente l'autostima. Dev'essere la pioggia, ma ditemi voi a chi può interessare una giovane donna che sogna troppo, archivia cuori, scatta Polaroid e più di qualsiasi altra cosa vorrebbe imparare a essere felice?

Un grido mi distoglie dal tran tran dell'autocommiserazione.

Guardo giù.

È Crapapelata. Sta urlando ed è furibondo. Un tizio allampanato con un cappello di lana calato sulla fronte e un lungo cappotto nero ha fatto irruzione e ha saltato la fila piazzandosi davanti a lui. Pare una rapina, ma chi rapina un bar tabacchi in pieno giorno e per di più a poche ore dal Natale?

Su, su, non metterti a romanzare, Olivia.

«Sono tutti quelli che ho. Fanno 46 euro.»

Tutti si voltano a guardare il suo naso poroso color vinaccia.

La voce di Crapapelata si è incrinata, e chissà cosa se ne farà quel tizio di quei fiammiferi. Ero convinta che non li usasse più nessuno, che fossero estinti se non in qualche nostalgica tabaccheria francese di campagna, invece ce ne sono di ogni tipo e il tizio ha già le mani piene di scatoline. Sembrano non bastargli, però. Magari è un artista e ci costruisce modellini di cattedrali o piccoli velieri. Sbraita come uno davvero fuori di testa.

«Tabaccaio del cazzo! Ho risparmiato tutto quello che potevo per poter comprare i fiammiferi. Ne avete altre scatole lì dietro, lo so. Tirale fuori!»

Cerco Manuel con gli occhi, ma è impegnato alla macchina del caffè e io muoio dalla voglia di vedere come va a finire. Quasi quasi scatto una Polaroid: l'uomo dei fiammiferi è un soggetto decisamente raro.

Un *unicum*.

Potrei tornare in bagno, così dò un'occhiata anche ai biscotti. Mi alzo, scendo le scale e scivolo discreta davanti a Manuel, a Crapapelata e al signore allampanato che, visto da vicino, assomiglia proprio a un fiammifero con la capocchia bruciata. Il suo tono di voce si abbassa alla vista di una confezione da dodici di zolfanelli da cucina.

Vedi, basta poco a fare felici le persone. Basta dare loro quello che desiderano più di ogni cosa al mondo ed essere molto gentili.

No che non basta, infatti il tizio per ripicca si sta sedendo al tavolino vicino alla vetrina. Manuel è costretto a chiedergli se prende qualcosa, perché i tavolini sono per i clienti e Crapapelata lo guarda con occhi sempre più accesi.

Dopo qualche minuto sono già tornata nel mio orgoglioso, regale isolamento. Devo ordinare qualcosa, ma niente fiammiferi: sono esauriti. Trovo il tavolo accanto al mio occupato da due ragazzi, giovanissimi, che sembrano appena usciti da uno spot. Gli occhi dentro gli occhi, sono avvolti in una nuvola di imbarazzo. Sono concentrati l'uno sull'altra, non si mandano messaggi col cellulare, sento solo il ritmo e il tono del loro silenzio. Vedi, Olivia, quando si è distratti dalla vita vera il tempo passa in fretta e i miracoli non finiscono mai. Anche per loro il tempo sta passando, eppure sembra fermo – un po' come me, anche il tempo sembra avere delle incertezze, non sa se andarsene o fermarsi ancora un poco. Manuel li ha raggiunti, ma se ne sta impalato davanti a loro senza avere il coraggio di valicare la zona *off limits*. Trova un attimo per me e desiste dal disturbarli.

«Quell'uomo... mi dispiace, forse l'ha spaventata.»

«Si figuri, no, no.»

«Non è cattivo, solo che il padrone non lo sopporta. Compra fiammiferi da anni, li tiene tutti nel suo box, col rischio che prenda fuoco. Pensi che disgrazia se accadesse.»

Un collezionista di fiammiferi spenti. Deve avere un gran bisogno di calore, sicuramente ha alle spalle un'infanzia drammatica o qualche disgrazia di quelle che lasciano il cuore spento.

«Credo sia semplicemente un po' tocco. In fondo a me è molto simpatico, tranne quando urla. Glielo porto un buon caffè, signorina?»

Sarebbe ora di levare le tende, ma aspetterò che spiova.

«Ma sì, va', l'ultimo caffè, prima di tornare a casa.»

I piccioncini mi mettono un po' a disagio. Mi sento di troppo. Per distrarmi dalla loro felicità, tiro su dalla mensola la copia di una rivista patinata. È di poche settimane fa e sembra già vecchissima, consumata dagli habitué che l'hanno sfogliata per passare il tempo. La dimostrazione che per noi, addetti alla comunicazione, il risultato di tante fatiche finisce abbandonato da qualche parte: sale d'attesa, panchine, mensole da bar tabacchi. Mi metto a leggere perché questi due, irraggiungibili nei loro pensieri, mi fanno sentire ancora peggio. Non so esattamente perché sono single. A parte il fatto che

ho paura di impegnarmi
sono troppo timida
sono troppo controllata
lavoravo troppo
esco troppo poco

e nonostante l'opinione di Sarah («Sei single perché sei schizzinosa»), io sono single perché non l'ho ancora incontrato, perché il mio amore di questa vita e di quelle passate, quando ci siamo incontrati, non era pronto. E nemmeno io. Evidentemente.

Meglio concentrarmi sulla rivista, prima che il desiderio di piangere fino a consumarmi gli occhi prenda il sopravvento.

A pagina 76, ci trovo LEI e mi balena una speranza: anche i giornali possono contenere segni e messaggi *ad personam*.

Polaroid, la leggenda resuscitata dagli operai
di Yves Eudes

Fino a qualche anno fa la fabbrica della Polaroid, i cui vasti stabilimenti si trovano appena fuori dal centro di Enschede, una città industriale nell'Est dei Paesi Bassi, impiegava milleduecento operai. Oggi sono rimasti in dodici. Il più giovane ha cinquantun anni, tutti contano tra i ventitré e i trentaquattro anni di anzianità. Non lavorano più per la Polaroid, che è fallita, ma per una società start-up, battezzata Impossible. La loro missione è rilanciare la produzione della pellicola per le foto istantanee delle celebri macchinette Polaroid. Ma stavolta lavorano per se stessi, in tutta libertà. Schiacciata dalla concorrenza della fotografia digitale e danneggiata da una serie di decisioni della direzione generale negli Usa, la Polaroid è tramontata in pochi anni. Nel giugno 2008 la fabbrica di Enschede si è fermata dopo una lunga agonia. Tutti i dipendenti si sono trovati disoccupati o prepensionati, salvo quattro persone guidate dal direttore tecnico André Bosman, cinquantacinque anni, incaricato alla fine del 2007 di smantellare l'impianto, vendere il vendibile e distruggere il resto: «Una dura prova, ho dedicato ventotto anni della mia vita a questa fabbrica».

Ecco perché non trovavo le ricariche! Era fallita. Ecco pure una coincidenza che i fisici chiamerebbero "sincronicità", anche se è triste sapere che per i rullini della mia Polaroid si stanno aprendo le porte dei musei e della memoria. Uffa.

André non sapeva che il suo destino si stava compiendo a mille chilometri di distanza, a Vienna, dove Florian Kaps si batteva da solo, da anni, per salvare la Polaroid. Disegnatore di siti web, Florian si era appassionato alla foto analogica, soprattutto alle Polaroid e, in quanto distributore di pellicole via internet, riceve nel giugno 2008 un invito alla "festa della chiusura" della fabbrica di Enschede. Si mette in viaggio e conosce André Bosman. La sera stessa, davanti a una birra, gli fa una proposta folle: creare insieme una società chiamata Impossible, trovare i soldi per acquistare i macchinari e far ripartire la fabbrica. André è scettico, ma si fa coinvolgere dall'entusiasmo di Florian. Il lunedì mattina si precipita in fabbrica e ordina ai suoi uomini di fermare la demolizione. Iniziano negoziati tortuosi con la Polaroid, che finisce per accettare di vendere quello che non è ancora stato smantellato. Nel frattempo Tom Petters finisce in prigione negli Usa per un altro affare, la Polaroid passa in gestione giudiziaria. A Enschede l'acquirente del terreno lo affitta a Impossible a un prezzo di favore. A Vienna Florian riesce a trovare 1,2 milioni di euro: «Gli investimenti sono di miei amici e di appassionati di fotografia analogica. Uno di loro ha ipotecato la casa per finanziarci». Impossible non poteva permettersi l'assunzione che di una dozzina di persone, col loro vecchio salario. André ha fatto una lista di veterani che conosceva bene, uomini competenti e con grande spirito di squadra. E lì ha avuto la sorpresa: i primi dieci contattati hanno accettato di lanciarsi nell'avventura. Benny Evers, macchinista, cinquantasei anni di cui trentadue alla Polaroid, cercava un lavoro in quanto obbligato dalla sua assicurazione contro la disoccupazione, ma sapeva che non avrebbe trovato niente. Si era chiuso in se stesso, litigava con la moglie. Il suo amico Henk Minnen, cinquantasette anni, ingegnere, era stato costretto ad accettare il posto di aiuto sorvegliante in una clinica per anziani malati di Alzheimer; Paul Latka, cinquantun anni, aveva vissuto male il suo licenziamento; Martin Steinmeijer, cinquantun anni, chimico, era in convalescenza dopo un intervento al cuore; Gerard Kamphuis, cinquantasei anni, elettricista, era riuscito a trovare un impiego con un buon salario in un'impresa di lavori pubblici. Ma, come i suoi compagni, non ha resistito all'avventura. A Enschede, nel grande capannone silenzioso, il lavoro procede. Di diciassette catene di montaggio nove sono ancora al loro posto.

Se non è serendipità questa, ditemi voi cos'è. Kaps era andato a un funerale e ci ha trovato una vita nuova, grazie alla sua buona dose di pazzia.

E se gli mandassi il mio curriculum?

In fondo, alla Breston&Partners ci ero arrivata per serendipità. In un'epoca di se-non-sei-on-line-non-esisti, ho trovato quel lavoro grazie al passaparola, quella cosa all'antica tipo l'amico lo dice all'amico che per caso ne informa la caposala del reparto ginecologia, fedelissima di mamma che io vado a trovare perché mi sono slogata la caviglia e non so dove altro andare. Alla B&P cercavano un'addetta stampa, né troppo giovane né troppo formata, a costi ragionevoli.

Io cercavo un ortopedico e forse avevo trovato un colloquio di lavoro, pensai dopo aver telefonato e aggiunto un autoscatto sul frigorifero accanto ai big della serendipità.

Stasera ci metto i ritratti di Florian e André. Strappo la pagina dell'articolo e mi sento euforica. Per la prima volta dopo ore la pianto di rivangare il passato. Non ho mai sentito la nonna rimpiangerlo, nemmeno quando la vista le si era abbassata e non riusciva più a leggere i tascabili che avevano un carattere troppo piccino. «Romanzi, parole crociate e necrologi mi tengono in forma» diceva.

A lei è sempre piaciuto il presente.

O sto diventando ottimista.

O sono scema.

Ma, mentre sorseggio l'ultimo espresso, mi scappa di pensare che il futuro non è una minaccia.

Da oggi posso andare in vacanza quando voglio, vedere gli amici quando voglio, andare a letto quando voglio, alzarmi quando voglio...

Il nuovo messaggio di Sarah mi catapulta nella realtà.

È di dieci minuti fa.

04:22 p.m.
Ti aspetto stasera dalle 9 in poi. Festa in agenzia. Puoi portare qualcuno: è open. Ho un regalo per te. Saresti così gentile da richiamarmi?

L'ultimo posto al mondo dove sogno di passare la serata è una festa aziendale dove devi per forza essere eccitata, sorridente e soprattutto avere qualcosa di cui vantarti. Quando ci sentiamo tristi, abbiamo solo voglia di stare con gente triste come noi e ai party di Natale c'è solo gente dinamica e di successo che quando ti incontra fa la solita domanda. Non, come quando eravamo bambini, "Come ti chiami?", "A che scuola vai?", "Dove abiti?" o cose simili. No, la prima domanda che ti fanno, e in un'agenzia di pubblicità è sicuro, è: "Di cosa ti occupi?".

Se incontri qualcuno che conosci, spunta il "Come va? Tutto a posto? Come te la passi? Ti trovo bene". Non contemplano domande del tipo "Tu dormi rannicchiata su un fianco o supina?", "Quanto zucchero nel caffè?", "Per che squadra tifi?", "Vai via per le vacanze?", o magari un più concreto "Quanti ne hanno silurati da voi?". Nessuna di queste opzioni è inclusa nelle domande di rito ai party di Natale nelle agenzie di pubblicità. E se, poniamo, rispondi che studi, ti chiederanno a che punto sei e alla mia età non vale il bluff, o sei un ricercatore o sospettano. Se invece dici che lavori, dipende dal lavoro: se è un lavoretto precario, ti si appiccicano con un "Sapessi come ti capisco", altrimenti ti scansano nel timore che parta il lamento. I più sadici attaccherebbero a parlare del loro lavoro ovviamente i-n-t-e-r-e-s-s-a-n-t-i-s-s-i-m-o e io mi sentirei come la piccola fiammiferaia di Andersen. Quindi o fingo, o mi umilio e rischio la risposta estrema: "Non so cosa fare della mia vita e per alzarmi la mattina avrei bisogno di qualche motivazione in più che non sia la prospettiva di trovare un lavoro detestabile con gente detestabile".

Oppure spiazzo.

Provate a chiedere a qualcuno "Sei felice?" mentre ha una tartina in mano e vi sta spiegando quanto è fico il suo nuovo lavoro. Vi guarderebbe smarrito o per vincere l'imbarazzo si metterebbe a ridere. Senza darvi la risposta. Dunque cara Sarah, la mia, di risposta, al tuo cortese invito, non potrà che essere un cortese diniego.

Stasera, tappata in casa in tuta e calzerotti con orecchie da coniglio, accudirò la mia infelicità, metterò in ordine le mie piccole umane speranze e mi offrirò una lauta cenetta davanti alla tivù. Un'abbuffata di telefilm archiviati, ecco cosa mi aspetta. Ho di che scegliere. Da quando ho diradato le mie visite alla mamma ho perso il filo sulle tormentate esistenze delle sue *Desperate Housewives*, oppure potrei capire chi è il killer misterioso di *Harper's Island*. *The Office*, oggi, è decisamente inadatto, ma qualche episodio di *In Treatment* mi darebbe spunti di riflessione: c'è chi sta peggio di te, Olivia, perciò smettila di piangerti addosso e datti una mossa. In alternativa potrei abbuffarmi delle mie trasmissioni preferite: gli show dei cuochi alla tivù – che adoro, sì, perché trovo confortante guardare qualcuno cucinare come se lo facesse la nonna.

Devo assolutamente rispondere a Sarah. Posso scegliere tra: "non mi sento bene, vado a casa, prendo un'aspirina e mi fiondo a letto"; "vado a tenere compagnia a Rosa ché i figli l'hanno mollata"; "è stata una giornata massacrante, voglio dormire. Ci sentiamo domani, buona serata, buon party. Grazie per il regalo: sono curiosissima".

Sul display reclamano risposta anche una chiamata della mamma e una della centralinista della B&P che vorrà farmi sentire il tepore della sua solidarietà. Mi vergogno persino con lei che si lamentava della sua inutile e sfarzosa laurea.

Sono le 04.44 p.m. e controllo la posta, dopo ore di astinenza. Al bar tabacchi c'è il wi-fi, a dimostrazione che è diventato sempre più complicato far perdere le proprie tracce.

Di trentasette mail, sei sono di Sarah.

Oggetto: "avrei bisogno di parlarti"; "ehi, avrei bisogno di parlarti"; "cara avrei bisogno di parlarti"; "avrei DAVVERO bisogno di parlarti" eccetera.

Tra le altre mail, cinque *noreply*. Oggetto: "ALLA RICERCA DI UN MOMENTO MEMORABILE?".

Sale da gioco on line, chissà perché scrivono a me che sono quasi nullatenente.

Però, se mi metto a fantasticare e penso che domani mi succederà qualcosa di nuovo, mi sento decisamente meglio, così viro su Google e digito "parlare con".

L'algoritmo elenca:

parlare con i morti
parlare con operatore
parlare con gli angeli
parlare con un operatore
parlare con i defunti
parlare con gli angeli custodi.

L'unico angelo custode in carne e ossa al quale aprirei il mio cuore è Manuel, un ottimista che si comporta come uno che non dà giudizi affrettati sul prossimo, che crede in quello che fa, che la sera studia i numeri, che ha un sogno e gli basta quello per andare su e giù dalle scale senza un lamento. Forse dovrei spiegargli perché ho passato una giornata intera nel suo bar tabacchi nutrendomi a cioccolate, caffè, frolle, toast e bicchieri d'acqua. Magari lui pensa che io sia qui per un amore finito. O per un dolore qualsiasi, e dovrei semplicemente dirgli che sono stata licenziata. Tanto Manuel mi ha vista in queste condizioni e mi prende per quella che sono. In fondo lui non conosce altra Olivia che questa e, ci scommetto, piacerebbe un sacco anche alla nonna.

È giù al bancone, impegnato a disporre in tondo tartine su grandi piatti e a tagliare prosciutto a dadini da infilare in lunghi stuzzicadenti. L'aperitivo! Oddio, è già ora dell'happy hour? E io che sono ferma alla merenda. L'aperitivo, no.

Devo sbrigarmi. È il momento di tornare in prima linea, sotto il martellare della pioggia.

Ho addosso un odore stanco, l'odore di un posto usato, e meno male che sul soppalco non ci sono specchi e neppure schermi accesi, di quelli che ormai mettono dappertutto. I più fastidiosi sono quelli delle stazioni: arrivi all'ultimo minuto, cerchi il binario e non lo trovi perché il numero è nascosto dietro uno schermo al plasma, così invece di salire sul treno hai l'impressione di entrare direttamente in uno spot.

Olivia, non cincischiare, datti uno scopo, ancorati alla vita della materia e smettila di fantasticare. Una parte di me vorrebbe restare qui, quella realista si prepara a staccare gli ormeggi. Ma alla festa no, non ci vado, se gli chiedessi un parere in proposito anche Manuel sarebbe d'accordo, lui che, all'oscuro dei fatti, da stamattina mi guarda con la faccia di quello che "mi creda, signorina, so cosa sta passando".

Stiro piano le gambe. La crosticina sul ginocchio si è appiccicata alla calza, memento di una magnifica parentesi trascorsa nella protezione di questa trincea. Mi alzo in piedi, mi si sono intorpidite persino le scapole. Mi infilo il cappotto e ci trovo una banconota da dieci arrotolata nella tasca. Non sembrassi una cretina, direi che è proprio un giorno fortunato. Sommati a quelli nel portafogli, bastano per pagare il conto senza accampare scuse e dover scendere al bancomat. La mancia sarebbe offensiva per quello che mi viene da considerare un amico. Lascio il denaro sulla tovaglia rosa. Ripiego il curriculum, anzi lo faccio a pezzetti e lo butto nel cestino. Tanto, così conciato, è impresentabile.

Sono tranquilla, però. Il bar tabacchi è meglio di una biblioteca, nel quale tornare da devota habitué. Mi sistemo i capelli con le mani come se darmi una rassettata esteriore servisse a un riordino interiore.

Manuel, Crapapelata, Tobia, il nonno, il nipotino, la signora delle liste, il marito resiliente, i brucaerba col Blackberry, le ragazze col piercing, il ragazzo con le cuffie, la vecchietta del 10-12-19-30-85-90, l'uomo dei fiammiferi, la bambina con le ali sul vestito, gli adolescenti innamorati.

Mi mancheranno tutti anche se magari non ci torno più, in questo posto dove batte il cuore di una comunità, un porto dove le cose approdano, le storie si dividono.

E io devo ripartire.

Raccatto la borsa dalla spalliera della sedia. Manuel è salito qui. È davanti a me.

Chiedo il permesso di scattargli una Polaroid.

Flush. Flush.

Fatta.

Non abbiamo neanche bisogno di parlarci. Lui prende la mia scatola e mi segue sulle scale, galante come un maggiordomo senza divisa. Crapapelata ci osserva, aggrotta le sopracciglia. Indulgente.

Siamo davanti alla porta adesso, e non mi viene in mente nulla di solenne da dirgli.

Cuore chiuso per neve, *sorry*.

Lui sembra leggermi nel pensiero, mi aiuta a infilare la scatola al sicuro sotto il braccio, mi allunga un ampio sorriso e tira fuori dalla tasca del grembiule un foglio piegato in quattro.

Qualcuno deve pur aprire bocca.

Comincia lui, come se fosse la cosa più naturale del mondo accompagnare alla porta una tizia che da stamattina si è rifugiata dentro queste mura tra singhiozzi e sguardi clandestini.

«Per lei, signorina. Signorina...»

«Non mi sono nemmeno presentata... mi chiamo Olivia.»

«Be', signorina Olivia, mi ha fatto davvero piacere conoscerla. È stato bello parlare con lei. Torni a trovarmi.»

Ci stringiamo la mano e c'è qualcosa nel modo in cui mi guarda che assomiglia a un'ombra, l'ombra del sorriso compiaciuto di un'anima che sento affine.

Prendo il biglietto tra le mani, imbarazzata da tanta confidenza.

Venga quando vuole, venga qui ogni volta che le sue speranze vanno a pezzi, venga qui e starà bene per qualche ora. Venga qui, Cenerentola, quando ha bisogno di raccogliere i suoi pensieri. Avrebbe potuto dire così e gli avrei creduto.

Invece, stringo il biglietto e farfuglio: «Grazie Manuel, tornerò a trovarla dopo le vacanze. Buon Natale e... mi saluti i suoi genitori».

Tornerò, Manuel, e quando entrerò e chiederò "il solito", salirò sul soppalco, siederò al mio tavolino, tu mi tratterai come una *protégée* e mi porterai una cioccolata con la panna da 3 euro e 50 e ci aggiungerai le frolle profumate di vaniglia.

Sono fuori.

Faccio fatica ad adeguarmi al ruggito del traffico, allo spazzaneve che si trascina stanco e inutile sotto la pioggia, alle figurine che corrono al riparo degli ombrelli. Beati loro. Per me solo acqua sulla testa. Un muro d'acqua sottile e fastidiosa.

Un tram mi passa dietro le spalle. Sono sul limite del marciapiedi, gli stivali affondano nella poltiglia, tengo la scatola nell'incavo del braccio, la tracolla di traverso e sbircio dall'esterno il soppalco, che sembra fissarmi come se non mi riconoscesse. Non so come avrei fatto oggi senza questo posto. Mi sta tornando il magone.

Con la mano destra impugno la Polaroid e scatto un souvenir del bar tabacchi, mentre una fiumana di automobili nervose sfreccia alle mie spalle.

Flush. Flush.

Poi succede tutto alla velocità di un trailer montato male. Sento un clacson furioso alle mie spalle e non mi accorgo del furgoncino giallo della Destiny's Children che sterza bruscamente, sale sul bordo del marciapiedi e parcheggia di traverso inondandomi di un fetido miscuglio di acqua e poltiglia. Non l'ho visto arrivare.

Merda. Merda. Merda.

È l'unica parola che mi viene in mente. E che modi! Bastardo. Ma a poche ore dal Natale non ci si arrabbia e quel poveretto dell'autista chissà quanti destini deve ancora consegnare. Il mio, che si era un poco sollevato, sta virando verso la tragedia: fa un freddo cane, la scatola è inzuppata e mi sento addosso acqua che scorre ovunque, cola sulla testa di una ragazza deficiente che nonostante il meteo è uscita di casa senza cappello. Gocciolo da tutte le parti, ma rimango qui come una statua, abbagliata dai fari del camioncino. Come vorrei che si rimettesse a nevicare e il mio cammino verso casa si ovattasse di nuovo!

L'orologio segna le 05.05 p.m. e figurarsi se vedo un taxi, tanto non potrei permettermelo.

È passato da poche ore il solstizio d'inverno, di solito il giorno in cui si cerca riparo perché è il più corto dell'anno.

Il giorno in cui inizia la rinascita.

Torno nel mondo sotto la pioggia di un martedì diverso da tutti gli altri.

Sognando l'acqua bollente dell'ultimo bagno da consumista che mi concederò.

Lui

Il neon proietta uno spicchio di luce blu sulla guancia del mendicante. Curvo come il tronco di un ulivo centenario, pare un sacco informe con la faccia appena un poco stanca. Si ripara dalla pioggia davanti alla vetrina con la testa incassata tra le spalle, il bavero rialzato sul collo, i piedi infilati dentro scarpe pesanti e una mano nascosta in tasca. L'altra, tesa come un rastrello e infilata in un guanto di lana dal quale sbucano quattro dita, si affida al buon cuore dei passanti.

Non è il posto migliore per tirar su soldi, sei troppo in ombra, vecchio mio, gli viene da pensare, ma mentre gli spunta in testa l'embrione di quella stupida considerazione, il questuante lo fulmina. I suoi occhi calmi dicono: "Ragazzo, hai un'eccessiva tendenza a elaborare soluzioni non richieste; qui c'è un bel passaggio, la grata sputa aria calda e questo è l'unico rettangolo rimasto asciutto di tutto il marciapiedi, perciò levati di mezzo".

Già, ma il quinto dito? Tranciato da una pressa? Moglie incarognita armata di ascia? Errore di prospettiva?

Imbarazzato dalla sua stessa arroganza e dall'abitudine a proiettare su chiunque cortometraggi di vite disgraziate, Diego si fruga nella tasca dei pantaloni, allunga una banconota ai polpastrelli e spinge la porta del suo fornitore di fiducia. Il tabaccaio, un tipo mezzo calvo e forse troppo burbero per un mestiere che richiederebbe maggiori capacità relazionali, è l'unico in zona a vendere i Puros cubani con cui ha sostituito le sigarette. Sono più di undici mesi che non ne fuma.

Undici mesi e ventun giorni, per l'esattezza. Ha smesso a dicembre.

Una promessa fatta a suo padre.

Entra. Gli piace frequentare quel bar tabacchi vicino allo studio. È una macchina del tempo che lo catapulta all'indietro, dove avventori-bambini esuberanti con il moccio fino al mento e buffe ali sul vestito, robusti giovanotti dall'aria clandestina e donnine che confabulano nervose con le schedine in mano sembrano usciti da una canzone di Tom Waits, tra insegne di vecchie birre e cascate di biglietti della lotteria. È il giorno giusto per comprarne uno, pensa, mentre paga i sigari e si affretta verso l'uscita pregustando il getto bollente della doccia che lo aspetta a casa.

Il fagotto è ancora lì, con i vestiti penzolanti e una sigaretta tra le labbra. Gli allunga la mano per un bis proprio mentre un furgone giallo parcheggiato di traverso sul marciapiedi parte con una sgommata. A terra, un foglio di carta e una foto Polaroid sono adagiati sull'asfalto come farfalle tramortite. D'istinto si abbassa a raccoglierli per darli al vecchio prima che la pioggia li inzuppi ma quello, immobile come un mimo di strada, lo guarda come si guarderebbe un insetto repellente che ci è cascato nel piatto. I suoi occhi rispondono per lui: "Quella non è roba mia, e se non hai intenzione di sganciare altro faresti meglio a lasciarmi in pace". Diego non vede l'ora di allontanarsi da quella miseria e gli appoggia sul palmo il coupon della fortuna con un sorriso da beota. Arrivederci, spero che l'anno nuovo... e se lui non ci arriva? E se pure a Natale gli toccasse chiedere la carità? E se imparassi a farti i fatti tuoi, Diego, e a non sentirti in colpa ogni volta che incroci creature sfortunate?

La fermata della metro è a pochi passi. Scende le scale tra moltitudini di ombrelli che si chiudono schizzando come cani dopo il bagno. Ogni centimetro della carrozza è stipato di corpi umidi e pigiati in un insieme cromaticamente compatto. Fa un freddo becco. «Ecco, ci mancava anche il riscaldamento rotto» farfuglia una passeggera che fissa il vuoto spingendogli i pacchetti contro il fianco.

«Meno male che fra tre fermate scendo da questo iceberg» ripete come un cd incastrato. A lui ne mancano dodici e non ha con sé niente da leggere. Mette la mano in tasca. Sul biglietto, in carta preziosa color avorio, poche parole scritte a mano.

Incoraggiata
da angeli confusi
mi lascerò rapire dal sonno
in questo cimitero di ricordi
dove cipressi maestosi e sorpresi
si nutriranno del mio pensarti
lasciando libera
la mia stanca ombra.
E sarà primavera per sempre.

C'è chi la chiamerebbe "sincronicità", chi una sciocca o stravagante coincidenza. Anche Diego, dopo due ore con Enrico in pasticceria a ricamare ricordi, è andato a parlare con i suoi morti. Il cimitero era il posto giusto dove concludere il pomeriggio, con la neve dolce come crema di latte e intorno l'odore del Natale, che non ha un odore preciso se non ti ricordi com'era quello precedente e quello prima ancora, ma una specie di odore interiore che ognuno inala e racconta a modo suo.

Il suo primo Natale da orfano.

Se la signora dei pacchetti gli chiedesse – così, tanto per fare conversazione sul vagone ghiacciato della metropolitana – "Di cosa è morta sua madre?", lui risponderebbe che è morta di vergogna. "Oh, niente di improvviso né di inaspettato. Ci ha impiegato anni, ma forse lei non sa, signora, che le particelle della vergogna si assorbono poco a poco, penetrano nei pori della pelle goccia dopo goccia e si infilano nelle narici come un veleno inodore." Si può anche morire più di una volta e sua madre aveva iniziato a prepararsi in una giornata di dicembre fredda come quella, assolvendosi dal dovere di annunciarlo alla famiglia.

Con gli anni le Disgrazie si annacquano e quando uno inizia, l'altro ha sempre le sue da raccontare e, poiché non si riesce mai a stabilire una graduatoria del dolore, col tempo si preferisce soprassedere e ognuno si coltiva i propri guai da solo.

Il padre tornava a casa sempre più tardi. Lavorava e basta. Poi, liquidato lo studio, aveva tentato di convincere la moglie a scappare nel sole della Florida, che a lui piaceva perché da giovane sognava Hemingway e una finestra che affacciava sul tramonto di Key West. Lei si era limitata a un ragionevole commento: la sua pelle non tollerava i climi tropicali e il suo tempo era ormai contato.

Passava a letto la maggior parte delle giornate e scivolava silenziosa come la polvere nel suo gorgo. Avrebbe potuto stupirli con un gesto più originale, magari avvolgersi nei fogli di carta da musica come un pesce nel cartoccio e librarsi verso il cortile. Non lo fece.

Diego trascorreva con loro la Pasqua e il Natale e nel resto dell'anno andava a trovarli una volta alla settimana. Di solito la domenica pomeriggio. D'inverno portava un dolce e nei mesi caldi una confezione di gelato. Lei, in ogni stagione, preparava una tazza di tè che sorseggiavano insieme, seduti in soggiorno, dove gli scuri delle finestre erano accostati. Sua madre viveva nella penombra e non sopportava la vista del cielo. I vetri li teneva lustri la vecchia portinaia che alla signora era tanto affezionata.

Ognuno rintanato nel suo angolo di salotto, come un quadrato spezzato. Diego aveva paura di sentirsi dire che qualcosa non andava, così, esaurite le notizie sul suo lavoro, il più delle volte lo strazio sereno di quegli incontri era spezzato da poche domande. Sempre le stesse.

«Va tutto bene, sì.»

«Come ti trovi nella casa con i tuoi colleghi.»

«Non chiamarli colleghi, mamma, siamo amici.»

«Hai imparato a farti da mangiare. Perché non porti qui le camicie da stirare, sai che mi piace stirare e tu hai sempre le grinze sulle maniche.»

Talvolta diceva: «Non ho fatto niente di male».

«Certo che no, mamma, non abbiamo fatto niente di male.»

Con lui era sempre molto gentile, ma Diego faticava a scansare lo sgomento di quegli occhi. Limpidi e grandi, non guardavano da nessuna parte. Diego avrebbe voluto accarezzare i solchi che le segnavano il viso e togliere con un pennello la polvere che le si annidava tra le rughe. Magari avrebbe potuto abbracciarla e accucciarsi nel suo grembo. Almeno tenderle la mano. Ma i gesti dell'amore è meglio tenerli vivi da bambino, altrimenti quando diventi più alto di tuo padre di una buona spanna non li ritrovi più. Così, stava immobile sulla sua poltrona. Diego aveva bisogno di credere che qualcosa di straordinario fosse possibile, ma i cambiamenti sono graduali, ci devi fare caso un giorno dopo l'altro, così, mentre beveva il tè o mangiava il gelato, si sforzava almeno di provare *qualcosa, qualsiasi cosa* che assomigliasse all'amore o anche soltanto alla gratitudine.

Le imperfezioni di solito si aggiustano vivendo, ma lei frenava anche il più insignificante dei cambiamenti ed era talmente attenta all'immutabilità che persino la stoffa dei divani, le tende pesanti, i mobili in formica della cucina erano così ben conservati da scongiurare l'ipotesi di una loro sostituzione. Con altri colori, altri oggetti, con qualcosa di *diverso*.

Ogni cosa, lì dentro, era avvolta da una patina compatta. Era una casa listata a lutto, e bisognava comportarsi di conseguenza.

Quanto avrebbe voluto ascoltarli litigare!

Obiezione, vostro onore, è inutile discutere con qualcuno che non reagisce.

Il padre l'aveva amata per tutti quegli anni. Da uomo che non alzava la voce nemmeno nelle arringhe, era morto la notte di Capodanno, undici mesi e ventun giorni prima, scivolando nel sonno, coerente con se stesso.

Restava l'appartamento, la sua eredità.

Diego aveva deciso che non ci avrebbe frugato dentro. L'agenzia immobiliare aveva già dei compratori interessati e quelli della cooperativa Sgombero Tutto erano dei marcantoni che smontavano case come fossero mattoncini del Lego. Era bastato dire: «Vi regalo tutto se fate da soli», e tre vite e quello che era rimasto della sua erano finite in scatole di cartone. Carte d'identità, album di fotografie, rubriche con gli indirizzi e i numeri di telefono, occhiali da vista e occhiali da sole, matite, radiografie, stilografiche, quaderni, guide di viaggi mai viaggiati, ricevute, cartelle esattoriali, lettere, flaconi, ciabatte, bottoni, filmini in super8, due paia di sci scheggiati, piatti, pentole, bicchieri: centinaia di oggetti erano finiti nei bidoni del palazzo o dentro case nuove dove non sarebbero stati riconosciuti. Gli armadi erano stati svuotati dalle volontarie della parrocchia. Le aveva sentite dire – sottovoce ma non abbastanza – che le esequie di papà "mettevano la parola 'fine' a uno strazio durato troppo a lungo" e ne aveva approfittato per offrire loro tutto quello che desideravano come "ricordo". I cinque uomini della Sgombero Tutto avevano tenuto fede alla promessa del dépliant, in poche ore si erano disfatti delle cose che contavano e anche di quelle che non contavano più per nessuno.

La sera del secondo giorno era tutto finito.

Aveva chiesto soltanto di non forzare la porta chiusa della stanza in fondo al corridoio.

Diego camminava piano, nell'odore di tabacco vecchio della sua casa. Per un istante gli era sembrato di sentire un rumore di passi alle sue spalle, come se ci fosse qualcuno nell'ombra della porta che lo tenesse d'occhio. Si era voltato col cuore che batteva forte.

Non c'era nessuno.

Per anni si era mantenuto a distanza dall'esame autoptico dell'unica stanza che gli stava a cuore, perché i bambini, si sa, tendono a ingigantire i ricordi e non c'è niente di più fuorviante che riascoltare i suoni della propria infanzia quando è così lontana nel tempo. Forse non bisognerebbe aprire certe porte e certe altre neppure socchiuderle, ma Diego non vedeva l'ora e si sentì allegro e dannatamente stupido accorgendosi che bastava sfiorare la maniglia per aprire la porta. Era arrivato il momento di prendere possesso di quello spazio metro per metro, angolo per angolo, chiodo per chiodo.

Più angusta di come la ricordava, poco più di un ripostiglio dove si infilano alla rinfusa oggetti che non sappiamo dove mettere altrimenti, la camera di Andrea era avvolta in un'intimità da dormiveglia. Sgomberata dal rancore, aveva l'aspetto di un chiarimento personale. Un paralume era appoggiato sul pavimento, sulla tappezzeria i rettangoli sbiaditi di poster e quadri. Del letto era rimasto lo scheletro, il materasso era scoperchiato di ogni antico tepore. Diego ci si era seduto sopra, poi si era sdraiato. Le lenzuola e il copriletto erano stati lavati, stirati e appoggiati su una sedia. Nell'armadio, due giacche appese come stinti soldati di stoffa. Ci aveva tuffato la faccia. I maglioni, le felpe, le calze di lana, canottiere e mutande erano stati ripiegati nei cassetti e suddivisi in ordine cromatico, blu col blu, bianco col bianco, nero col nero. Non si era nemmeno mai accorto che suo fratello vestiva sempre con gli stessi colori.

Qualcuno era arrivato prima di lui. E aveva svuotato cassetti, spazzato via spartiti, riviste musicali, ritagli di giornale. Non c'erano più neanche il tappeto di mucca e gli astronauti sulla mensola.

Mamma, il movente di un suicidio può rimanere oscuro e custodire la sua irragionevolezza, ma tu hai archiviato ogni possibile risposta.

Volevo sapere se non se ne fosse accorto. Di morire, intendo.

Sul tavolo, un ritaglio ingiallito.

> Improvvisamente è mancato all'affetto della sua famiglia
>
> **ANDREA**
>
> di anni 17. Lo piangono la mamma, il papà, il fratello Diego. - 6 dicembre 1982

Potevano sforzarsi di più. Fosse stato per lui ci avrebbe scritto: "Dammi un cinque, anche da lassù".

Il cuore di Diego batteva calmo.

Stomaco, polmoni, intestini erano al loro posto. Le emozioni si erano liofilizzate e l'esplosione attesa per anni si era sgonfiata. La bomba non deflagrava. Aveva scansato la mina antiuomo. Il passato non gli era arrivato addosso da ogni parte.

I ricordi possono conservarsi intatti in tutti i loro dettagli per decenni e poi sciogliersi insieme. Era come se anche la vergogna fosse svanita. Tutto quello che aveva desiderato che svanisse era svanito. Risentimento. Rabbia. Odio. Gelosia. Non c'erano più. Sentiva solo l'eco di un dolore lontano che si apriva un varco verso di lui. Era entrato in convalescenza. Come quando, dopo un'influenza, senti il tuo corpo riprendere forza e il mondo fuori è proprio come te lo ricordavi: colorato e tranquillo. Forse era quello il passaggio che gli era mancato: l'adolescenza era trascorsa in un lampo e non aveva fatto in tempo ad afferrarne la meraviglia.

"Un uomo muore, il suo orologio si ferma" diceva Jung.

Aveva guardato il Rolex che aveva sfilato dal polso di suo padre alla camera mortuaria: erano le 02.07 p.m. ed era tutto finito.

Fffui.

Diego si era caricato sulle spalle il violoncello.

Aveva ripercorso il corridoio. Si era tirato dietro la porta senza chiudere a chiave. Non c'era più niente in quella casa che gli stesse a cuore.

Così, quel pomeriggio era andato al cimitero e c'era rimasto a lungo, sotto la neve che gli spruzzava le spalle come a volerlo ripulire.

Neve ovunque.

Fitta.

Luminosa.

Era salito sulla collina dove gli alberi allungavano i rami come braccia infreddolite e tendevano le loro dita verso l'alto, pronte a sciogliersi in un applauso che, a pensarci bene, in fondo non è molto diverso da un abbraccio. Piccoli blocchi di neve si staccavano dai rami con un tonfo, quasi che trattenessero il respiro e poi lo rilasciassero in picchiata libera.

Diego era solo.

A chi altri, del resto, sarebbe venuto in mente di andare a deporre pensieri in quel posto con un tempo così ostile?

Quanta gente, lì sotto. Chissà che profumo aveva il mondo, lì sotto. Quanti capelli, facce, braccia, ossa e vecchi sorrisi stoccati come merce, lì sotto, insieme a loro tre.

Ci siamo.

Sono qui per fare una dedica speciale a ognuno di voi.

Ci penso da settimane, anzi da mesi, ma non trovavo la forza e, per tirare in lungo, ho aspettato la neve. Adesso che ce l'ho fatta ad arrivare fino a qui, ci provo.

Voi morti di tempo ne avete tanto. E ora che avete raggiunto Andrea in quel misterioso azzurro dove non c'è bisogno di parole, ma solo di stringersi tra le braccia e restituirsi gli abbracci mancati come in una magnifica catena umana, vi immagino insieme a raccontarvi tutto quello che è successo dopo.

E dopo ancora, Andrea vi restituirà ciò di cui vi ha privati.

In tutto questo tempo ho collezionato su un quadernetto le parole che avrei voluto dirvi quando eravate vivi. Ne ho cercata una che vi definisse. Perché quando una moglie perde un marito sulla carta d'identità ci scrivono: "Vedova". Ma non ho trovato la parola che definisce un padre e una madre quando gli succede di perdere un figlio. Forse quel tipo di dolore è talmente irragionevole che non si riesce nemmeno a dargli un nome. Ho scoperto che non c'è nemmeno la parola che definisce un fratello a cui muore un fratello.

Credevo che si potessero aggiustare le cose che non funzionavano, che me la sarei cavata anche senza di voi. Ho fatto quello che ho potuto. Non ha funzionato molto bene. Se si esclude quella volta in cui ho rotto le uova di cioccolato che c'erano in cucina destinate ai bambini del quartiere, ci ho tirato fuori le sorprese e le ho richiuse con lo scotch, e quell'altra volta – ehi, ragazzi, avevo sedici anni! – che mi sono fermato da Enrico a dormire senza avvertirvi, e tutte le cazzate da adolescente che ho commesso, mai fatto troppi casini.

Non sono qui a fare elenchi né a giudicare, ma sappiatelo: non è stata colpa vostra. Non è colpa di nessuno. Ci sono sempre delle ragioni quando qualcuno muore. A volte sono ragioni molto più complicate di quanto pensiamo. È che Andrea non si poteva aggiustare. Ma oggi non vi sembri irriverente se vi dico che mi sento sollevato. È stato un malinteso, ragazzi. Ci si può amare anche se non ci si vede, no? C'è chi ama Dio per tutta la vita senza averlo mai visto, e anche se credere nelle cose che non si vedono è complicato io ci sto provando.

Papà, a noi sono mancate le parole. Non hai nemmeno voluto commentare con me la Disgrazia, non l'hai mai chiamata con un nome più appropriato. Sciagura? Fatalità? Destino? Oppure Scelta. Inciampo. Volo Volontario.

Ci avrebbe fatto bene, invece, masticarla insieme, vomitarla fuori e metterci il cuore in stand by. Forse è dal silenzio che tutte le storie hanno inizio ma, se avessimo parlato, la nostra sarebbe stata un'altra storia.

Mamma, ti voglio bene. Credevo mi mancasse Andrea, invece eri tu a mancarmi, mi mancavi in un modo così terribile che ho pensato per decenni che il buco di invidia e risentimento e senso di impossibilità non mi avrebbero mai lasciato. Non sono riuscito a rimpiazzarlo, volevo disperatamente che tu mi amassi come avevi amato lui: ecco, ho detto anche questo.

Sapeste come è bello dire qualcosa che si è portato dentro di sé senza saperlo, come è bello frantumare un attimo prima la pietà e guardare in faccia il dolore fino a quando il suo viso ti diventa familiare.

Andrea, tengo a dirti che alla mamma bastava guardare fuori da una qualsiasi finestra per odiare l'azzurro glorioso del cielo. Quello era il suo modo di continuare ad amarti, dopo che te ne sei andato. Ci sono paure peggiori della morte e questo l'ho imparato da te. Non siamo bastati, però. E forse è stato giusto così.

Tu e io ci stiamo separando, adesso.

Sento strattonare le corde, forti come tendini che mi hanno tenuto legato a te. Non sono nodi che vengono al pettine, ma nodi che si sciolgono perché hanno esaurito il compito di tenermi attaccato a qualcosa che ritenevo indispensabile.

Riporto i miei piedi per terra e ti tengo con me, per sempre.

Diego non parlò, piuttosto pensò quelle parole, immerso nella grazia bianca delle loro tombe. Da qualche parte, l'aria si gonfiò di musica. Da sotto un albero scivolò il mormorio gentile di un violoncello. Un giovane musicista in abito scuro, i capelli inzuppati di neve e le labbra livide, pizzicava le corde con l'archetto. Diego riconobbe la *Suite n. 1* di Johann Sebastian, una musica aliena che arrivava da un luogo remoto e che piano piano si diluì in filamenti sempre più fragili e sempre più sottili fino a sciogliersi tra i cristalli.

Poi si ammutolì.

Diego chiuse gli occhi e non ebbe più paura di perdersi, di perdere il senso delle parole o di scomparire lì sotto. Qualsiasi cosa ci fosse. Si sentiva libero come se avesse oltrepassato un limite, battuto un record o toccato qualcosa che non conosceva, ma quella sensazione fu ciò che più di ogni altra riusciva ad accostare alla parola *armonia*.

Si può andare al cimitero in cerca di pace e trovarci Bach. Succede.

Davanti alle loro fotografie spruzzate di neve avvertì un'onda di dolcezza e una calma del tutto nuova.

Il dolore era sparito. Quasi tutto.

Stordito dalla quiete, aveva pianto.

Poi aveva attraversato il cimitero a lunghe falcate e gli era sembrato di galleggiare prima di toccare terra con il piede.

Era la prima volta che se ne andava da quel posto pensando che la morte non era l'unica risposta.

Ne aveva abbastanza pure della neve.

Stava entrando nel futuro e il futuro, questa volta, era dalla sua parte.

Rimette in tasca la poesia e le sue dita scivolano sulla Polaroid. È sfocata, come se l'autore avesse avuto fretta e non avesse atteso il tempo necessario allo sviluppo. Sotto un baffo bianco si legge la parola "Welcome".

Benvenuto.

Scende dal vagone e si accorge di non avere salutato la signora coi pacchetti, otto fermate fa.

La fine

Ci sono istanti nella vita in cui tutto cambia. Istanti in cui succede qualcosa che modifica radicalmente tutto quello che è esistito fino all'attimo che li ha preceduti.

Sono arrivata.

Inspiro ed espiro, inspiro ed espiro, inspiro ed espiro, pronta a mescolarmi alla piccola mondanità di realizzati e felici che brulica dietro il portoncino grigio antracite.

Non essere nostalgica, Olivia, va' avanti e preparati a salutare gli art director, i photoeditor, i copywriter, i creativi, i consulenti, i musicisti da jingle, i registi e gli stagisti, ché sicuramente qualcuno conosci. Cerca Sarah, per prima cosa, e abbracciala, dopo la magnifica sorpresa di poche ore fa.

Potevo abbioccarmi sul divano davanti alla tivù e compiangermi dopo avere ricevuto l'ennesima prova che lei sa leggermi fino in fondo all'anima anche quando faccio di tutto per nascondergliela? Sarah la Sibilla, Sarah che interpreta silenzi e chiamate senza risposta, Sarah che – con tutto che ha il bambino, il lavoro e la festa di Natale – non mi trova a casa e dissemina il pavimento di post-it fosforescenti come Pollicino.

Un primo sentiero verso il letto, sul quale aveva steso due opzioni di abbigliamento, anche se la versione A con il tubino vintage, i sandali gialli con le perline e i collant neri mi è parsa troppo esuberante. La seconda fila di post-it arrivava dritta al tavolo della cucina, dove mi aspettavano tisana-miele-bollitore-tazza-cucchiaio. Come a dire: "Rilassati, amica mia, e vai a riflettere nella stanza da bagno, dove i post-it ti condurranno verso la vasca, che ho allestito come un sogno che si avvera". Infatti ci ho trovato sei magnifiche candele al profumo di vaniglia e miele, un nuovo olio per il corpo e una scatola di fiammiferi che sarebbe tanto piaciuta allo spilungone del bar tabacchi, mentre sull'ex comodino della nonna Sarah aveva sistemato la crema idratante, il siero contorno occhi, i miei rossetti allineati come bossoli.

Sullo specchio, con un mozzicone di rossetto, aveva scritto lo slogan più incoraggiante delle ultime ventiquattr'ore:

GLIELA FACCIAMO VEDERE NOI, AL DESTINO

Irresistibile Sarah.

Coraggio, Olivia, è tempo di ritornare in società.

Mi trattengo un attimo sulla soglia per avere una visione d'insieme. Sono un esercito di volti e corpi stipati, tutti armati di cellulare e calice; le ragazze sono magre, hanno i capelli raccolti in piccoli chignon o scalati sulle spalle, il colore dominante dei loro abiti è il nero, come se fossero uscite contemporaneamente dallo stesso negozio. Che sono del ramo pubblicità-comunicazione lo si capisce da come si incrociano e si salutano con giocosa facilità, sollevando i calici.

Ho fumato due sigari a stomaco vuoto e ho fame, ma qui, davanti al tavolo sovrastato da quattro porno-orologi con le lancette a forma di banana, sono circondato da persone che, più che mangiare, hanno l'aria di predisporsi a *degustare* fette di prosciutto crudo avvolte sui grissini come stole di pelliccia, bocconcini di kiwi e olive, mini sushi, sorbetti alla fragola e cioccolato alla violetta. Mi sentirei più a mio agio in una tavola calda a strafogarmi di patatine sommerse dal ketchup.

Addobbata come un salone delle feste, la sala riunioni è irriconoscibile. Sembra di stare sul set di un film degli anni Cinquanta. Sulla parete, accanto al logo della Hastings&Sons, quattro orologi con le lancette a forma di banana che ai miei tempi non c'erano. Il primo indica l'ora di Tokyo, il secondo quella di Londra, il terzo l'ora di New York. Dodici ore e qualche minuto fa, quando nella Grande Mela dormivano, io ero ancora una ragazza di buonumore.

Non potevo deludere Enrico, fiero dell'acquisto di questa lussuosa baracca, un'agenzia pubblicitaria che continua a chiamarsi Hastings&Sons anche se i figli hanno ceduto il gioiello di famiglia a un gruppo di signori della finanza e adesso se la spassano su qualche spiaggia dei Caraibi. Meglio dirigersi verso l'angolo beveraggi, davanti a una vetrata dalla quale si gode una vista spettacolare sulla città coperta dalla neve che ha ricominciato a cadere.

Cerco Sarah per ringraziarla e non chiederò a nessuno: "Sei felice?", perché non mi interessa sapere se questi tizi sono felici, dunque non ha senso provocare risposte che mi toccherebbe pure ascoltare e poi potrebbe anche capitarmi lo spiritoso che risponde: "Certo che sono felice, e tu come te la passi?".

Afferro una Coca-Cola. Stringo la mano intorno alla lattina e la sento calda come fosse una tazza di caffè. Dev'essere il disagio di trovarmi tra emeriti sconosciuti e dopo una giornata ad alta densità emotiva. Ma dov'è finito Enrico? Infilo una mano nella tasca della giacca e ci trovo l'astronauta. Già, era finito sotto il calorifero e la vecchia portinaia l'aveva recuperato e dato a quelli dell'immobiliare – «Non lo butti, è un ricordo del bambino» – e quelli non avevano osato contraddirla e mi avevano telefonato, «Senta, qui abbiamo un giocattolino, la custode del palazzo si è tanto raccomandata di avvertirla».

Non ti fare troppi problemi, Olivia, tanto nessuno sa che hai passato una giornata di cui, quando ti capiterà di riderci sopra con i nipotini, come i reduci della Grande Depressione dirai: "Ah, quella volta che sono stata reclusa tutto il giorno in un bar perché era l'anno della 'peggiore crisi economica che aveva investito il mondo occidentale'". Meglio entrare nel ruolo, procurati il tuo calice d'ordinanza.

Una visione spunta dalla piccola folla come un raggio di sole caraibico in un paesaggio polare, una brezza improvvisa in una giornata afosa, una palma in una distesa di neve, diversa in tutto dalle tizie strette in abiti neri e ondeggianti su tacchi troppo alti che girano intorno agli uomini come falene.

Devo distogliere lo sguardo dall'alieno alto e dinoccolato che sta strappando la linguetta di metallo da una lattina di Coca-Cola.

È da anni che non provo una simile sensazione di sollievo, quando in mezzo a tanta gente hai solo voglia di scappare fino a che non vedi qualcuno che ha l'aria familiare, qualcuno che ti sembra di conoscere già e che hai mancato per un caso, perché eri voltato dalla parte sbagliata.

Ok, non lo fisso, ma che ci fa uno così tra questi zombie? Non può essere un collega di Sarah, me ne avrebbe parlato. Un astemio dalle mani lunghe e mobilissime, con gli occhialini di metallo dalla montatura rotonda, la giacca di tweed con le toppe di camoscio e una sciarpa rossa intorno al collo. Sotto si intravede un maglione grigio che, ci scommetto, ha i gomiti sdruciti.

Non ci pensare neanche, Diego, è troppo carina per non avere stuoli di fidanzati, anzi, magari uno di questi tizi è il suo compagno o addirittura il marito, o forse l'amante sposato con un'altra.

Ha la faccia di uno che è capitato nella festa sbagliata, uno che ha sbagliato citofono, piano, condominio.

Diego, sta' calmo e non sforzarti di capire perché la vista di questa ragazza all'improvviso ti rende euforico. Certo che è proprio bella mentre si passa una mano tra i capelli.

Sorrido a destra e a manca agli sconosciuti col calice, evitando di sottolineare col corpo quello che la mia mente sembra avere già deciso, e cioè che devo conoscere quel tizio.

Quando vedi una così puoi lasciarti andare, non ti inganna e poi, dài, dopo una giornata così è permesso dimenticare e domani potrò ricordarmi solo quello che voglio.

Le persone non sono mai dove dovrebbero essere nel momento del bisogno: dove si è cacciata Sarah? Forse è un segno, perché magari lo conosce e, se così fosse, mi direbbe che è fidanzato-sposato-lascia-perdere-non-fa-per-te, smontando in un secondo di buonsenso interminabili minuti di chimera, e poi non c'è tempo, lui potrebbe girarsi e andarsene.

E se non le passa nemmeno per l'anticamera del cervello di raggiungermi qui? È questione di pochi metri ma lei potrebbe virare in un'altra direzione e addio.

Mi sentirei un filo più sicura se avessi deciso per il boato di femminilità dell'opzione A, invece, per passare inosservata, ho scelto jeans, camicia bianca dai polsini alti e stivali da Peter Pan.

Un ciuffo le cade sulla fronte, lei lo sposta e quello ci riprova. Il modo in cui scuote i capelli poi è... sorprendente. Adesso reclina la testa all'indietro e sorride a chi le sorride, girando lentamente su se stessa. Avanza di un passo.

E se fosse appena rimasto vedovo e avesse bisogno di ritrovare fiducia nelle relazioni umane?

Se avesse fame e non sete? Se ciò accadesse significherebbe che non è aria, che mi sto inventando qualcosa che non esiste, e dunque non ho nessun motivo per compiere gesti insensati e attirare la sua attenzione dirigendomi a mia volta verso gli insaccati.

Olivia, sii ragionevole: perché proprio tu dovresti interessare a chi ha appena subito una grave perdita? Guarda che a letto sono quasi noiosa, gli potrei dire. E anche: superati i vent'anni è inammissibile ammettere di avere un blocco sessuale, io non appartengo alla categoria delle vergini timorose, non sono un'imbranata cronica ma sto tornando alla casella di partenza: infilarmi nel tuo letto con leggerezza non sarebbe da me, dunque voglio solo sapere chi sei.

Verso la Coca-Cola nel calice di plastica. Sento la solitudine dissolversi tra le bollicine. Una goccia marrone si scioglie sulla tovaglia. Non avverto interferenze, se escludo tutto quello che è successo nei trentatré anni che hanno preceduto questa visione. Mio piccolo astronauta, ti strofino come la lampada di Aladino, vedi di fare il tuo dovere: dammi una mano.

Non vorrei che fosse il solito abbaglio, ma si comporta come se mi stesse aspettando. O magari aspetta qualcun altro. O peggio, qualcun'altra. Va bene, mi avvicino, ma mentalmente mi preparo a non rivederlo più. Al massimo sarà un nuovo soggetto per gli *Scomparsi*. Previdente, ho lasciato a casa la Polaroid.

Si avvicina. Sento montare un'onda rovente sulle guance, mentre penso che vorrei sentire l'odore della sua pelle. Corro troppo, lo so, ma in questo momento i miei pensieri vanno per i fatti loro e pensano per i fatti loro. Io sono come la natura. La natura, per definizione, sta per conto suo e fa quel che deve fare: vive.

Olivia, stai per compiere trentaquattro anni, sei vestita come una liceale e ti comporti come una deficiente. Nonna, ti prego, fa' che Sarah non arrivi proprio ora e che quel tizio sia allergico alle ragazze col tacco dodici. Sta lanciando occhiate alle facce intorno al tavolo delle bibite. E adesso speriamo che lui non incontri qualcuna che conosce perché sarei costretta a deviare.

Sicuramente eccedo nelle previsioni, ma sembra puntare dritta verso il mio tavolo. Scambiare per banconote una manciata di spiccioli è una questione di prospettiva, Diego, dunque sta' calmo. La sciarpa mi pizzica la pelle ma non oso grattarmi proprio adesso. Lei si ravvia ancora i lunghi capelli. Visti da qui sono castani spruzzati di ciocche leggermente più chiare.

Si sta toccando la montatura degli occhiali. Devo imparare a non farmi sopraffare dall'ansia prima del tempo. Ma nemmeno a programmare troppo. "Perché non afferriamo immediatamente il piacere?" scriveva Jane Austen un sacco di anni fa. E perché non sono capace di darle ascolto?

Ho un blocco, un tremolio del muscolo cervicale di quelli che ti senti sempre in fase di rodaggio, e l'età e l'esperienza sono vuote formule di difficile applicazione e scarsa utilità. Se riferissi all'Anonima Timidi questa situazione, meriterei una menzione. Una ciocca di capelli le cade di nuovo, stavolta sulla guancia destra. Cosa darei per rimetterla al suo posto! Così, una scusa come un'altra. Lei è sempre più vicina.

Mi fermo. Metto piede sulla nostra isola. Ci guardiamo prima con un sorriso ebete stampato sulla faccia, poi senza sorriso, con un brevissimo, invisibile brivido di diffidenza. Non sappiamo cosa dirci ma continuiamo a guardarci negli occhi. I suoi, sotto gli occhiali, sono neri come pece, abbagliati da una strana luce.

Succede tutto così in fretta. Si può morire di timidezza? È arrivata. Mi sta di fronte. Sono con lei. Ha le ciglia lunghe e qualcosa di malinconico nelle pupille. Il cuore mi batte all'impazzata. Perché mai devo essere così emozionato se una ragazza mi sorride?

E speriamo che non rovini tutto chiedendomi: "Di cosa ti occupi?", perché attualmente non ho un'occupazione e almeno per la prossima mezz'ora non vorrei occuparmi d'altro che di lui.

Tutto sta nello scegliere con cura poche, semplici parole. Ci vorrebbe una di quelle frasi a effetto capaci di sciogliere il gelo. Invece resto inchiodato al silenzio: e dire che sono un avvocato.

Dovrei dire qualcosa di scoppiettante, una di quelle frasi che inchiodano l'interlocutore e gli fanno subito pensare: "Ehi, guarda come è brillante questa tizia". Invece niente, non mi viene niente. Lo tocco, il silenzio, e non che mi dispiaccia, una sensazione ne trascina un'altra e dire da dove tutto questo è cominciato sembra impossibile.

"Qualsiasi cosa ci accada, anche le più banali eventualità quotidiane, errando e deviando, ci possono portare lontano, ai limiti dell'immaginazione", questa devo averla letta da qualche parte e chissà come mai riaffiora proprio adesso. Forse potrei dirla a lei, ma vorrei solo sprofondare dentro i suoi capelli. Sorride come se il sorriso fosse parole che mi fanno pensare di essere al posto giusto.

Le banane segnano le 9.29 p.m. Non scomodare le coincidenze, Olivia, non disturbare il Destino a sproposito e concentrati su una frase qualsiasi da dire. Dimentica la legge di gravità: è il momento dello slancio. Mi sto sbriciolando come un fiore secco e mi prende un attacco di tosse. Proprio adesso?

Tossisce, sta tossendo. Basterebbe chiedere: "Vuole un bicchiere d'acqua, signorina?". O meglio darle del tu? E in un attimo a una ragazza dal volto così angelico e imperfetto sento che potrei raccontare dell'Anonima Timidi senza che si scompisci dal ridere. Magari ci si iscriverebbe volentieri. Magari è già della "famiglia".

La tosse... grazie al cielo è passata! Però, guarda, c'è di tutto in questi occhi, paura desiderio allegria curiosità sfinimento. Di nuovo un sorriso. Breve e impercettibile. Eppure a me sembra che sorrida convinto. Sono imbattibile io, quando incontro le persone taciturne.

Più di ogni altra cosa vorrei baciarla. È come se volesse coinvolgermi in qualcosa che non ho mai fatto prima e che forse non avrò più l'occasione di fare di nuovo.

Ed è *quel* momento, irripetibile, quando tutto è possibile e l'altro è una lavagna vuota tutta da scrivere e dietro questi occhi potrebbe esserci scritta qualsiasi trama. Intatta come un campo dove è scesa la neve. Lasciati andare, Olivia. Ma non lasciarlo andare.

Allungo la mano verso la sua.

Mi porge una mano. Tendo la mia.

Le nostre dita si sfiorano.

Mi tiene la mano, o forse sono io a tenere la sua. Ed è come se fossimo sempre stati qui, noi due insieme. C'è solo il rumore delle nostre mani. E non mi viene in mente niente da chiedere se non "Sei felice? Ehi, almeno tu sei felice?".

Ci sono tante cose che vorrei dirle.

Ci sono tante cose che potrei dirgli.

«Auguri.»

«Auguri» ripete. La sua voce. Indifesa. Una voce dalla quale mi farei raccontare qualsiasi cosa.

«Auguri» ripete. La sua voce. Pastosa. Rotonda. E questa volta si tratta di un sorriso rivolto a me. Intenzionalmente.

«Auguri.»
«Auguri.»
Ed è come stringersi la mano di nuovo.

La neve scende danzando e sembra di stare dentro una palla di vetro. E mentre nuovi fiocchi compiono il loro destino, Olivia e Diego pensano che da quel momento potrebbero svuotare l'oscurità e riempirla di luce.

Fuori dalla vetrata, un reticolo di scie si incrocia come righelli arrampicati tra gli astri, nell'aria carica della stessa magia di una mattina di chissà quanti anni prima.

Chiamerò, chiamerò il tuo nome

E ti penso
e ti scrivo due righe
perché
solo imparando a memoria
il tuo amore
ti potrai ricordare di me
e amarmi per sempre.
Ci meritiamo una nostra esistenza.
Voglia di carezze
di mani
di mamma, di nonna, di sorella, di amica...
Voglia di tenerezza.
La felicità
è precedere il dolore.
È stato scritto su un muro
"Siate felici con prudenza"
e io voglio essere una falena
noncurante del sole

e vivere tra la luce
voltando le spalle a notti troppo nere
troppo notti!
Amami e basta!
Amami e basta!
Incoraggiata
da angeli confusi
mi lascerò rapire dal sonno
in questo cimitero di ricordi
dove cipressi maestosi e sorpresi
si nutriranno del mio pensarti
lasciando libera
la mia stanca ombra.
E sarà primavera per sempre.

Nota al testo

La citazione di Banana Yoshimoto è tratta da *Chie-Chan e io* (Feltrinelli 2008).

Le parole di *Olivia* sono di Pierre Sancan; la canzone è stata interpretata da André Claveau.

La poesia *Nevicata* di Mark Strand è tratta dall'antologia *L'uomo che cammina un passo avanti al buio* (Mondadori 2011).

I versi qui intitolati *Chi mai amò senza amare al primo sguardo?* sono tratti dal poema *Ero e Leandro* di Cristopher Marlowe (traduzione di Massimo Bacigalupo, dal volume *La riparazione della poesia* di Seamus Heaney, Fazi 1999).

L'articolo *Polaroid, la leggenda resuscitata dagli operai* è stato originariamente pubblicato su "Le Monde" nel maggio del 2009; è apparso poi su "La Stampa".

La poesia *Chiamerò, chiamerò il tuo nome* è di Pablo Paolo Peretti (2011).

Ringraziamenti

Grazie anzitutto a Pablo Paolo Peretti, che dopo avere ascoltato la loro storia ha scritto per Diego e Olivia la "loro" poesia, *Chiamerò, chiamerò il tuo nome*. Ad Alan Marcheselli e Carmen Palermo, che mi hanno instillato l'amore per le Polaroid e al team di Impossible, che le ha ricreate. A Marina Carpineti, che ha tentato invano di farmi capire qualcosa della fisica. A Diego Arquilla, che c'è sempre. A Davide Gentile, che ha ideato e creato il booktrailer e, insieme a Carlotta D'Ambrosio, ha suggerito il nome di Olivia. A Cristina Boraschi, che mi ha prestato la sua voce. A Elisa Deodato, che ha tradotto la leggenda *I tre principi di Serendippo*. A Laura Cerutti e Giulia Ichino, impeccabili come sempre. A Vicki Satlow, agente e amica dal mio primo romanzo.

Arnoldo Mondadori Editore S.p.A.

Questo volume è stato stampato
presso Mondadori Printing S.p.A.
Stabilimento Nuova Stampa Mondadori - Cles (TN)

Stampato in Italia - Printed in Italy